新版　プリーモ・レーヴィへの旅

——アウシュヴィッツは終わるのか？

＊

徐　京植《ソ　キョンシク》

晃洋書房

アウシュヴィッツは終わるのか？——若い読者へのまえがき

今から十八年前、私はイタリアのトリノに出かけた。プリーモ・レーヴィという人物の墓の前に立つためである。なぜ、その旅に出たのか、旅の途上で何を感じたのか、旅から帰って何を考えたのか。それを記しているのが、この本である。

プリーモ・レーヴィはユダヤ系イタリア人であり、アウシュヴィッツ強制収容所の生存者だった。一九三三年から四五年までナチ党支配下のドイツで実行されたユダヤ人、シンティ・ロマ民族、障がい者、性的少数者、政治的反対派などに対する系統的、組織的な迫害と大虐殺（一般に「ホロコースト Holocaust」と呼ばれる）は、その事件の規模においても性質においても、人類史上きわめて突出したものであった。（「ユダヤ人」犠牲者だけでもおよそ六百万人と推定されている。これはあくまで「数字」にすぎず、それが出来事の恐ろしい真相を伝えてくれるわけではない。）

プリーモ・レーヴィは収容所から生還してすぐに『これが人間か』（一九四七年）と題する証言の書を著し、やがて世界的に知られる文学者となった。レーヴィは同書の序文に、「抹殺収容所の歴史は、危険を知らせる不吉な警鐘として理解されるべきなのだ」と書いている。解放の直後から、安堵するいとまもなく、未来の危険を防ぐため「警鐘」を打ち鳴らす役割を自らに課したのだ。この書物は、過去に残酷な出来事があったという事実だけではなく、その証言が伝わらないかもしれないという危機、「人間」は過去の過ちに学ぶことができない存在なのかもしれないという恐ろしい危機（証言の不可能性）についても証言しているのである。

「アウシュヴィッツ」という言葉で象徴されるような想像を絶する残虐が、なぜ、どのように可能となったのか。それはもはや過ぎ去った事件なのか。私たちはもはやその再発をおそれなくてもよいのか、それとも私たちはなお（あるいは、ますます）その脅威におびやかされているのか。この問いに真剣に向い合おうとするならば、プリーモ・レーヴィの遺した証言に耳を傾けてみなければならない。

第二次世界大戦の終戦からおよそ七十年が経った。世紀も代わって、いまは二十一世紀である。私たちは、「アウシュユヴィッツは終わった」と安心してよいだろうか？　あれほどの残酷さを経験したにもかかわらず、この数十年という短い歳月の間にも、私たちは地球上のいたるところで、数多くの「アウシュユヴィッツ」を見てきたのではないか。政治暴力は少しも軽減しないどころか、絶望的なまでに日常化している。『アウシュユヴィッツは終わらない』というのが、『これが人間か』日本版の書名である。翻訳者の意向によるものか、それとも出版社の意向なのかわからないが、卓抜なネーミングだったといえるだろう。

私は東京のある私立大学で過去十五年間（それは本書旧版を上梓して以降の年月と重なる）、「人権とマイノリティ」という講座を担当し、ナチズムとホロコーストについて（その土台となった民族差別やレイシズムについても）かなり詳しく論じている。私の講義に触れた学生たちの多くは、まず、「知らなかった」という驚きを見せる。確かに、高校の世界史教科書にはこの問題はわずか数行の記述しかなく、ふつうの授業では詳しく教えられることもない。

その一方で学生たちは「ナチス」や「ユダヤ人」という記号については、一定の（多くの場合誤った）知識を持っている。それは「シンドラーのリスト」「戦場のピアニスト」などの映画から得られるものであったり、また、アニメかコンピューター・ゲームからのイメージであったりする。しかし、これらはあくまで映画館のスクリーン上か、コンピューター・ディスプレイ上の仮象にすぎず、学生たち自身もそれを「現実」とは切り離して受容している。だから、それが「現実」であったということ（あるいは、「現実」はそれをはるかに上回るということ）を教えられると、当惑するのである。「信じられない」「理解できない」「実感が持てない」というのが、学生たちが示す代表的な反応である。そういう反応にどう対処すべきか、私は教壇に立ち始めてから現在まで悩み続けている。

そんな学生たちに私が語りかける言葉は次のようなものだ。

「実感がもてない……きっとそうでしょう。むしろ、自分は実感がもてると自信たっぷりに言う人がいたら、私はその人の『実感』をすこし疑うかもしれません。そもそも、あなた方が生まれる数十年前に、地球の反対側といえる場所で起こった出来事に実感を持てなくても無理はありません。でも、そのことは、そのまま無関心でよいということとは違います。想像することもできないほどの残酷な出来事が現実にあった。それを実感できないことの恐ろしさについて、考えてほしいのです。ナチ時代、ガス室に送られていく犠牲者たちの多くも、その運命が鼻先に迫るまで実感がもてず、『まさか、いくらなんでも……』とお互いに言い交していたのです。実際に経験していないから実感が持てない……しかし、戦争や虐殺を実際に経験した時にはもう手遅れなのです。実感できない脅威に対して敏感でなければなりません。無意識のうちに他者を害さないために。あなたがた自身の平和を守るためにも。」

こんな私の言葉が学生たちにどのように届いているのか、正直なところ、よくわからない。証言者としての役割を担い続けたプリーモ・レーヴィが味わったのも、これと同じような（もちろん、私などより何倍も大きな）苦しみであっただろうと私は想像している。

アウシュヴィッツは、それを直接体験した犠牲者にとってすら「信じられない」「理解できない」「実感が持てない」出来事だった。それなのに、そのことを他者に伝え、理解してもらわなければならない。そうでなければ災厄の再来を阻むことはできないのである。なんと不条理な重荷であることか。アウシュヴィッツ収容所を生き抜いたレーヴィ、二十世紀の政治暴力の証言者であり、戦後イタリアの「文化的英雄」と称された彼は、一九八七年に自殺した。彼が自殺しなかったら、私はその墓を訪ねる旅に出なかっただろう。したがって、この本も生まれていなかったはずだ。

レーヴィは自殺前年に『溺れるものと救われるもの』というエッセイ集を出している。事実上の遺書といえるものだ。その「結論」から引用してみよう。

私たちには、若者と話すことがますます困難になっている。私たちはそれを義務であると同時に、危険としてもとらえている。時代錯誤とみられる危険、話を聞いてもらえない危険である。私たちは耳を傾けてもらわなければならない。個人的な経験の枠を越えて、私たちは総体として、ある根本的で、予期できなかった出来事の証人なのである。

本書旧版が刊行されたのは二十世紀最後の年、一九九九年のことである。日本社会は九〇年代半ばから始まった右傾化の過程にあり、君が代・日の丸を義務化する法制化が進められていた。政府は国会で「法制化しても強制することはない」と答弁したが、その約束はすぐさま裏切られた。私は当時の講演で、アジアの戦争被害者だけでなく、日本人自身をも含む莫大な犠牲の結果もたらされた日本の戦後民主主義が目の前で「安楽死」していくのを見る思いだと語った。それから十五年、いまは「戦後レジームからの脱却」を公言する人物が政権の座にある。

特定秘密保護法が制定され、武器輸出三原則は骨抜きにされようとしており、集団的自衛権についても閣議了解だけで従来の解釈を変更しようとしている。日本は戦争可能な国家へと急速に変貌しつつある。その国の若者は、たとえいかに「実感」がもてなくとも、戦争となれば他者を害し、自らも犠牲となるほかないのである。

現在の日本は十五年前とは比較にならないくらい、他者への偏見や憎悪が大手を振ってまかりとおる社会になってしまった。一部の極端な差別者の行為と片づけるわけにはいかない。日本社会の多数者は、一般ドイツ国民の無気力無関心がナチズムの暴虐を可能にしたのだという事実を骨身にしみる教訓にすべきではないか。そうでなければ、この社会の人々はおぞましい共犯者の道へ転落するほかない。

レーヴィは『アウシュヴィッツは終わらない』に寄せた「若者たちに」という文章（一九七二年）をこう結んでいる。これが、いまの私自身の心情でもある。

新しい読者のうち、たとえただ一人でも、狂信的国家主義と理性の放棄から始まった道がどれだけ危険か、理解してくれるなら、さいわいである。

著　者

目次

凡　例

一、本書は『プリーモ・レーヴィへの旅』（以下「旧版」、朝日新聞社刊、一九九九年）に新たな文章を加えて「新版」として刊行するものである。旧版が長く品切れ状態にあったところ、幸いにも晃洋書房からこうした新版刊行の提案があった。

一、旧版はそれ自身で一個の完結した作品であるとの考えから、字句上の訂正を除いてもとの記述に手を加えないまま本書第Ⅰ部に収めた。ただし、旧版「あとがき」の謝辞に相当する部分は割愛した。

一、新版刊行にあたり、若い読者を念頭に「まえがき」を加えた。

一、第Ⅱ部として、二〇一四年二月から三月にかけてイタリアを旅した経験をもとに、新たに一章を書き下ろした。

一、参考・引用文献一覧は旧版当時のものに若干の補足を加えて末尾に収めた。

一、参照・引用文献は原則として書名または記事名のみを本文中に表示した。

一、引用文中の固有名詞、その他の表記については原典に従った。

新版　プリーモ・レーヴィへの旅　——アウシュヴィッツは終わるのか？

われ正路を失ひ、人生の覊旅半《きりょなかば》にあたりてとある暗き林のなかにありき
あゝ荒れあらびわけ入りがたきこの林のさま語ることいかに難いかな、

——ダンテ『神曲』地獄　第一曲（山川丙三郎訳）

第Ⅰ部

イタリアの雪

一九九六年一月一日、私はミラノからトリノへ向かう普通列車の車中にいた。

午後三時十分発の特急に席を予約してあったのだが、それより一時間以上も早くミラノ中央駅に着いてしまった。元日なので商店は閉まっているし、ただ寒いばかりで所在がなかったので、たまたま停車していた二時二十分発の普通列車に跳び乗ったのである。

車室は予想外に混んでいた。観光客らしい者は見あたらない。むかいの男は難しい顔をして細かい数字を手帳に書き込んでは消している。借金の計算でもしているのだろうか。その隣の若い女は何かを辛抱しているような表情でじっと目を閉じている。誰も彼もぐったりした様子で、無言である。

イタリアに着いて十日になる。フィレンツェは暖かかったが、ミラノでは雪に降られた。

一昨日は、旅行に出るといつものことだが、せき立てられるように美術館をまわった。ミラノに来たのは三度目だが、近代美術館を訪れたのは初めてだ。マリノ・マリーニのコレクションが充実していたのは予想外の拾いものだった。マリーニといえば、どこへ行っても目にするのは騎馬像の彫刻だ。「私の騎馬像は、今世紀の出来事に起因する苦悶を表わしている」と、マリーニは語っている。彼が騎馬像を制作し始めたのは一九三〇年代からだが、後年になればなるほど馬は制御不能となり、騎手が後方にのけぞる角度はますます急になっていく。苦悶がつのっていくのである。

その後、降り始めた雪の中を歩いて勝手知ったるブレラ絵画館に行ったのだが、当然のようにそこにも、マリーニの大作があった。頸と四肢を突っ張った馬の背で、騎手が極限までのけぞっている。

けれどもこの日、私の心を捉えたのは騎馬像ではない。ともすれば見すごしてしまいそうな、小さな男性半身像である。Il miracolo と題されていた。奇跡、ということであろうか。

道化のようでもあるが、胸に十字架をかけているのをみると聖職者かもしれない。小さな頭。斜め下方に伏せた眼差し。ひょろりと長い頸。かすかに剽軽なその姿は、哀しくもあり、しみじみと平和でもある。これまであちこちでマリーニの作品を見てきたが、ここに湛えられているような静謐で深い精神性には、私は気づいていなかった。

昨日は、積もった雪に足をとられながら、朝からサンタマリア・デッレ・グラーツィエ教会ヘダ・ヴィンチの『最後の晩餐』を見に行った。以前来たときは修復中だったため見られなかったのである。今回もさほど執着してはいなかったのだが、教会の戸外で列を作る人々を見てかえって意地になってしまった。凍えながら小一時間も順番を待って、ようやく必見の名画と対面したわけだが、私の感想は「ああ、なるほどね」といったところである。そして案の定、体調をこわしてしまった。イタリアといっても北の方は寒いことは承知していたし、それなりの身支度もしてきたのだけれど。

列車がミラノを出てしばらくすると、午前中は止んでいた雪が再び降り始めた。三十分ほど走ってノヴァラという駅を過ぎる頃には、雪はますます激しく降りしきった。向かいの男は手帳を内ポケットにしまいこんで、上着のジッパーを首もとまでぴっちりとしめた。ヒーターのおかげで足下は暖かいが、窓ガラスを透して外の寒気がひたひたと迫ってくるのだ。肩先や背中がぞくぞくする。

まいったな……。

舌打ちしたいような気分である。

この分では、きっとトリノも雪だろう。何といってもトリノはアルプスに抱かれた山裾の都市なのだ。とてもこの程度の雪ではすまないに違いない。

トリノにはまだ行ったことはなかった。私がイタリアを旅するのは、たいていルネサンス芸術を見ることが目的だったのだが、トリノにはわざわざ出向いてまで見るべきものがないのである。スキーでもしようというのでない限り、一月というのはトリノを訪れるのに最悪の季節であろう。オペラだって六日まで休みだ。それなのに私は、わざわざトリノに行こうとしているのである。

何のために？

見ず知らずの人物の墓を訪れるためだ。それが、今回の旅の目的なのである。

墓といえば三十年以上も前、まだ十五歳のとき初めて韓国に行き、父の故郷を訪ねた記憶がいまも圧倒的である。公州《コンジュ》という地方都市から故郷の村まで、ポプラ並木の田舎道を乗合バスで二時間ほどの道のりだったが、道中、視野にはいる丘という丘がすべて土饅頭《どまんじゅう》に覆われていたのだ。

その当時はまだ、韓国では儒教の伝統にもとづく土葬の風習が一般的だったのである。仮借ない真夏の太陽に焙られて、土饅頭からはしきりに陽炎《かげろう》が立ち昇っていた。それはまるで、幾世代にもわたって痩せた大地に埋められた朝鮮の百姓たちの、やり場のない恨みの炎のように感じられたものだ。村に着くと早速、焼酎一瓶とスルメなどをさげて祖父の墓にもうでたのだが、その墓も、親戚の老人の案内がなければそれとはわからない、雑草に覆われた貧弱な土盛りだった。

この記憶は、一九九二年夏に中国東北地方の延辺《えんぺん》朝鮮族自治州を旅し、詩人・尹東柱《ユン・ドンジュ》の墓を訪れた記憶へとつながっている。龍井《りゅうせい》市の郊外、貧しげな農家の脇道を通り抜け、背丈ほどに高く繁る玉蜀黍《とうもろこし》の畑を抜けて丘の頂にいたると、見渡す限りのなだらかな丘陵を無数の土饅頭が覆っていたのである。豆満江《とうまんこう》を境に朝鮮と接するこの地は、かつて間島《かんとう》と呼ばれた。日本による苛酷な植民地支配を逃れて多くの朝鮮人が移住し、その後を執拗に追うように日本が手を伸ばして大陸侵略の足掛かりにした土地である。丘を覆う土饅頭はすべて、父祖の地を逐《お》われ異郷で生涯を終えた朝鮮人たちの墓であった。

尹東柱は一九一七年、間島に生まれた。その時点ですでに朝鮮は日本に「併合」されていたが、間島には日本の支配はまだ間接的にしか及んでおらず、そのため抗日独立運動の根拠地ともなっていた。敬虔なクリスチャンの家庭に生まれた彼は、間島の進取と自由の空気を吸って育ち、少年時代から朝鮮語で繊細な抒情詩や童話を書いた。だが、一九三二年に傀儡《かいらい》国家「満州国」が造られると間島の朝鮮人の生活も日本の支配下に全面的に繰り入れられた。尹東柱は一九三八年、故郷を離れてソウル（当時は京城）の延禧《ヨニ》専門学校に入学したが、当時は日本による皇民化政策が最も苛酷に実施されていた時期であり、朝鮮語教育は廃止され、朝鮮語による文学活動は事実上不可能になっていた。そのため彼は卒業時、私家版の自作詩集三部のみを手書きでつくり友人に託した。『空と風と星と詩』と題されたその詩集には、次のような「序詩」が付されている。（訳は徐京植）

死ぬ日まで天を仰いで
一点の恥なきことを、
葉うらにそよぐ風にも
私の心は苦しんだ。
星を歌う心で
すべて死にゆくものを愛さなければ
そして、私に与えられた道を
歩んで行かなければ。

今夜も星が風に吹かれる。

一九四一年、尹東柱は日本の立教大学に留学、のちに同志社大学に転じたが、一九四三年七月、京都帝大に留学中だったいとこの宋夢奎《ソン・モンギュ》らとともに「独立運動」の嫌疑で逮捕された。このとき、多くの未発表詩稿が押収され、そのまま永遠に失われてしまった。彼は治安維持法違反で有罪を宣告され福岡刑務所に送られたが、一九四五年二月十六日、朝鮮解放（日本敗戦）のわずか半年前に無残な獄死をとげている。宋夢奎もおよそひと月後、同じように獄死した。彼らの獄死には「生体実験」の疑惑がかけられているが、真相は未解明のままである。

死のまぎわ、尹東柱はひとこと鋭く叫んだといわれるが、日本人の看守にはその言葉が理解できなかったため、詩人の最後の言葉は謎のまま虚空に消えてしまった。もしも私家版詩集が友人によって守られていなかったなら、この詩人が地上に存在したことそのものも私たちは知らないままだっただろう。

「シタイトリニコイ」という福岡刑務所からの電報を受け取った尹東柱の老父は、間島からはるばる朝鮮半島を縦断し玄界灘を渡って遺骨を持ち帰った。老父は遺骨を葬るとき、生前一冊の詩集も刊行することのできなかった息子のために、「詩人尹東柱之墓」と墓碑に刻ませたのである。

いったいどれだけの死体が、この丘に埋められているのだろう。丘は緑の海のようにうねり、はるか彼方まで続いていた。頭上からは真夏の太陽が、これでもかとばかりに照りつけていた。蝉の鳴き声すら聞こえない。満州には蝉はいないのだろうか……。

しばらくの間、私の脳裏は、炎暑に灼かれる痩せたポプラ並木や、熱風にざわざわと波打つ玉蜀黍畑の映像で満たされた。だが、目を開ければ、車窓の景色は一面の雪に白く塗りつぶされている。

私はいま、真冬のイタリアにいるのだ。

私の父母はいずれも、一九二〇年代に植民地支配下の朝鮮から幼くして日本に流れてきた在日一世である。私は解放後の一九五一年、京都市で生まれた。尹東柱は自らの言葉である朝鮮語を守って命を落としたが、私はあらかじめ自らの言葉を奪われたまま、支配者の言葉である日本語を母語として育ったのだ。

母は一九八〇年に、父はその三年後の一九八三年に、相次いで世を去ったのだが、長く暮らした京都市の郊外に両親を葬った後、私は世界の諸国を歩きまわるようになった。旅の目的は多くの場合、美術館や古い教会で絵を見てまわることだが、いつの頃からか、事情が許す限り墓地に立寄り、有名無名、さまざまな死者たちの墓の前に立つことが習いとなった。

私がいつも引き寄せられるのは、帝国主義、植民地支配、世界戦争……二十世紀の無慈悲な歴史に追い立てられ、故郷や家族から引き剥がされ、根こぎにされた死者たちの墓である。さまざまな墓の前で、私は、死者たちの声が聞こえてきはせぬかと耳を傾けてみる。だが、死者は何も語らない。墓は無言である。

今回は、プリーモ・レーヴィという人物の墓を目指して、ここまでやって来たのである。

プリーモ・レーヴィはアウシュヴィッツの生き残りであり、文学者であり、化学者でもあった。彼は一九一九年、トリノのユダヤ系家庭に生まれ、トリノ大学で化学を専攻した。第二次世界大戦の末期、北イタリアがドイツ軍に占領されると反ファシズム抵抗運動に加わって闘った。一九四三年十二月に逮捕され、ユダヤ系であったためアウシュヴィッツ収容所に送られた。アウシュヴィッツではガス室送りは免れたが、解放されるまでのおよそ一年間、奴隷以下の日々を過ごした。

一九四五年一月二十七日、ソ連軍によって解放された彼は、同じ年の十月十九日にトリノの自宅に帰り着くと、わずか数ヵ月のうちにアウシュヴィッツでの経験を『これが人間か』と題する書物に書き上げた。その著作は一九四七年に刊行され、初めはほとんど読者を得ないまま一度は忘れ去られてしまったのだが、一九五八年になって初版とは別のエイナウディ出版社から再刊されるとたちまちベストセラーになった。同書は『アンネの日記』、ヴィクトール・フランクルの『夜と霧』、エリ・ヴィーゼルの三部作『夜・夜明け・昼』とともに、ナチス・ドイツの蛮行の真実を伝える証言文学の代表作として、いまも世界中で読まれている。日本では『アウシュヴィッツは終わらない——あるイタリア人生存者の考察』(朝日選書)という書名で一九八〇年に翻訳刊行されている。

ところが、その彼が、生還から四十年以上たった一九八七年四月十一日、トリノ市レ・ウンベルト街の自宅で自殺したのだ。

それを知って以来、いつかトリノを訪れて彼の墓の前に立ってみたいと、私は思い続けていたのである。

日本からまっすぐトリノに向かうこともできたのだが、まずフィレンツェに入り一週間ほど滞在した。一九八三年に初めてイタリアを訪れたとき、私は、フィレンツェのサン・マルコ修道院のフラ・アンジェリコ、とくにその、『受胎告知』に強い感銘を受けた。今回十二年ぶりに、その絵と再会したかったからである。それに、正直にいうと、勝手のわかっている場所で、すこし心の準備をしたいという気持ちもあった。できれば墓参りなんかやめにして、ぶらぶらと美術館めぐりだけをしていたかった。

ようやく到着三日目になって、心を励まして、ホテルの部屋からプリーモ・レーヴィ夫人に電話をかけた。

実は出発前、イタリア文学者の竹山博英さんに、レーヴィの墓や住んでいた家の所在を教えてもらったのだが、そのとき、家にはまだ夫人が暮らしているだろうということを聞かされていた。「よかったら電話してごらんなさい。私の名を憶えているだろうから、私からもよろしく……」と。

迂闊《うかつ》なことに、私はこのことを予想していなかったのだ。

夫人が健在とあれば、ましてレーヴィが自殺したその場所にいまも暮らしているとあればなおさら、連絡しないですますわけにはいかない。しかし、そのことは私にとって気の重い仕事なのである。

プリーモ・レーヴィに『周期律』という自伝的短篇集があるが、その中の「クロム」という作品に、アウシュヴィッツから生還した直後の日々についての記述がある。

私は虜囚状態から戻ってきて三ヵ月しかたってなく、苦しい人生を送っていた。この目で見て、耐え忍んだことがまだ心の中で生々しく燃えていた。生者よりも死者に近く、人間であることに罪があると感じていた。なぜならアウシュヴィッツを作ったのは人間で、アウシュヴィッツが何百万人という人たちを呑みこんでしまったからだ。

プリーモ・レーヴィは必死になって仕事を探し、ようやく化学工場に職を見つけた。そして、アウシュヴィッツ体験を文章に書くことによって辛うじて心の平安を取り戻し、「また人間になった」と感じた。殉教者でも、卑劣漢でも、聖人でもない、みんなと同じような、「過去よりも未来を見る人間になった」と思うことができるようになった。そしてある日、運命は彼に「比類のない贈り物」を用意してくれたのだ。

若い、生身の女性との出会いだった。外套を通しても、寄り添う体のぬくもりが感じられた。彼女は通りに漂う湿った霧に包まれても快活で、まだ瓦礫が両脇に残る道を歩いていても、辛抱強く、賢く、自信に満ちていた。私たちは数時間のうちに、一時の出会いではなく、一生、お互いを分かちあえることが分かり、事実、そうなったのだった。数時間のうちに、私は自分が新しくなり、新しい力に満ち、体は洗われ、長い病から癒え、やっと人生に喜びと活力を抱きながら入っていけると感じた。

ここに書かれている「若い、生身の女性」が、つまり、現在もトリノに住むレーヴィ夫人なのだろうか。

おそらくそうだろうが、事前によく調べていない私には確信が持てなかった。それに、もし夫人が会ってくれたら、いったい私は何を尋ねればよいのだろう。

あなたがあの「クロム」に出てくる女性ですか？　死にとり憑かれ、「人間」であることの罪責感にとらわれていた男を蘇生させた女性、作家プリーモ・レーヴィを誕生させた女性はあなたですか？

ところで、彼はなぜ自殺したのでしょう？

まさか、そんなことを聞くわけにはいかない。

それにあなたは何者だ、なぜそんなことに関心を持つのだ、と反問されたら、きっとうまく答えられないに違いない。その答えが簡単に得られないからこそ、私はここまでやって来たのだから。

受話器の奥から、老婦人のしわがれた声が返ってきた。

レーヴィ夫人ですか、と問うと、そうだ、という。

イタリア語のできない私が英語で話しているので、夫人の方も英語である。

竹山さんからの挨拶を伝え、プリーモ・レーヴィの墓を訪ねるため日本から来た、いまはフィレンツェにいるが数日後トリノに出向きたい、というと、それはどうもありがとう、と落ち着いた声である。

ついてはすこしの時間で結構ですから、お目にかかれないでしょうか？ ……

ためらいながら、そう言ってみると、
I am very alone. I can't receive anyone. I can't speak on Primo.

という返事だった。

「私はひとりきりで、誰ともお会いできない。プリーモのことはお話しできない」というのである。

強い拒絶というより、深い溜息のようだった。

very aloneという言葉にも、I can'tという響きにも、さぞかしそうだろうなと思わせるものがあった。それを聞いただけで、私は言葉の接穂《つぎほ》をなくしてしまったのだ。取材者としては失格である。

ある春の日、アウシュヴィッツの生き残り、六十七歳のプリーモ・レーヴィは、アパート四階の自宅前の手すりを乗り越え階下のホールに身を投げた。遺書はなかった。それから九年……。夫人はいまもひとりきりでその場所に暮らし続けている。私はこれから、その場所を見に行こうとしているのである。

お気持ちはよくわかります。それでは、お墓参りだけさせていただきます。

どうにかそう言った私に、夫人はI am sorry.と答え、もう一度、

I can't receive anyone.
と繰り返した。

身勝手な死

　生前のプリーモ・レーヴィと面識のあった竹山博英さんは、「私が知っているレーヴィは、ほがらかな、響きの良い声で話す快活な人物で、目は知的好奇心にあふれ、いつも冗談を言っていた。（中略）その彼が自殺するとは、にわかに信じられなかった」と述懐している。（『今でなければ　いつ』「訳者あとがき」）

　このくだりを読んだとき、私がただちに想起したのは、ハンナ・アーレントの「われら亡命者」という文章だった。『パーリアとしてのユダヤ人』という評論集に収められている。

　われわれのなかには、楽観的な話をたくさんしたあとで、全く思いもよらず、家に帰ってガス栓をひねったり、摩天楼から飛び降りたりする奇妙なオプティミストがいる。われわれが宣言した快活さというものが死をすぐにでも受け入れてしまいそうな危なっかしさと裏腹になっていることを彼らは証明しているように見える。われわれは、生命こそ最高善で、死が最大の恐怖だという確信のもとで育てられたが、生命より至高の理想を発見できないまま、死よりも悪いテロルの目撃者となり、犠牲者となった。

ハンナ・アーレントがこの文章を書いたのは一九四三年のことである。

彼女は一九〇六年、ドイツのハノーファーに生まれた。ユダヤ人である彼女はナチが政権を掌握した一九三三年、パリに亡命。パリでは一時、シオニスト左派の運動に加わったが、一九四一年、フランスの敗戦とともにポルトガル経由でアメリカに再度亡命した。

アーレントはここで、亡命ユダヤ人たちの「同化」指向、「成り上がり」指向を批判し、ハイネ、カフカからチャップリンにいたる「『意識的パーリア』の立場を好んだユダヤ人少数派の伝統」を想起するよう主張している。「パーリア（被差別者）」というアイデンティティに立脚して差別や抑圧と闘うことが、あらゆる「パーリア」の解放のために闘うことに通じると訴えたのである。

アーレントは、亡命ユダヤ人の自殺衝動を分析して、彼らは「闘う代わりに、あるいはどうしたら抵抗できるようになるかを考える代わりに、友人や親類の死を願うことに慣れてしまった」と述べる。そのために、彼らは「誰かが死ぬと、あの人はもうすっかり肩の荷をおろしたのだと、快活に考えてみたり」する。ついには、「自分もいくらかでも肩の荷をおろせたらと願うに至り、それで実際に自殺してしまう」というのである。「この表面上の快活さとは裏腹に、彼らはつねに自分自身の絶望と闘っている。そして結局彼らは、一種の身勝手さから死ぬのである」。

「一種の身勝手さ」とは、何と卓抜な言葉だろう。

ああそうだ、こういう人を自分も知っている。そう、私は思う。自分の友人や親戚のうち、音もなくふっと掻き消えていった人たちのことを考える。いったい何人が自殺したのか、指折り数えてみる。

親戚の一人はつい先日、旧い友人たちを居酒屋に誘って上機嫌で酒を飲み、その帰途に橋の下で首を吊った。自宅に遺書があったから衝動的な行動ではなかったのだが、家族や友人にはまったくの不意打ちだった。何より、死なねばならないほどの差し迫った難題を背負っていたわけではなかったのだ。六十歳を過ぎたばかりという年齢だった。極度の貧困、命がけの密航、「不法滞在者」としての長い逃亡生活、数度にわたる商売の失敗、それらすべての困難を経た人生の終わりにしては、「もういいや」とでもいわんばかりの、あまりにも脆い死である。そして、その呆気ないほどの脆さもまた、郷土や血縁の連続性という幻想に安んじて身をゆだねていることのできない、在日朝鮮人という存在に特有のものだと私には思える。根こぎにされるというのは、そういうことなのだ。私自身にしても、この親戚の死を知らされたとき、悲しむ前にむしろ、「あの人も、すっかり肩の荷をおろしたのだ」と、つい思ってしまったのである。

アーレントは、次のような不吉な報せの数々を、どんな心持ちで聞いたのだろう？

たとえば、一九三九年五月二十二日、スペイン人民戦線の敗北を見届けてニューヨークのホテルで首を吊ったエルンスト・トラー。一九四〇年九月二十七日、ピレネー山脈を越える亡命行の途上でスペイン国境警察の入国拒否にあいモルヒネをあおったヴァルター・ベンヤミン。一九四二年二月二十二日、日本軍によるシンガポール陥落が報じられてからリオ・デ・ジャネイロで睡眠薬を飲んだシュテファン・ツヴァイク。……闘争と絶望の果てに自らの命を絶ったこうした亡命ユダヤ人たちの死をも、アーレントは「身勝手な死」のうちに数えるのだろうか。

一九四三年、この年に初めて彼女はアウシュヴィッツで何が行なわれているかを知ったのである。その殺戮があらゆる軍事的必要性や必然性に反したものであるため、半年もの間、それを信じることができず、奈落の底が開いたような衝撃を受けたと語っている。（「何が残ったか？　母語が残った」）

トラーやベンヤミンが「闘う代わりに」自殺したというのはいかにも酷であろうし、事実に反するともいえる。ただ、私なりに、この時点での彼女の心情をおもんぱかってみると、彼女はまだまだ長く続く絶望的な闘いを覚悟しなければならなかったであろう。それは人類の歴史がそれまでに経験したことのない、信じがたいまでの邪悪さとの闘いである。だからこそ彼女は、亡命ユダヤ人たちの自殺に同情や共感を表明するのではなく、それを「一種の身勝手さ」と呼んだのではないか。

アーレントはこの文章で、自分自身の心理を分析しているとも考えられる。自分もベンヤミンのように肩の荷をおろしたい、そう思う瞬間が彼女になかっただろうか。「あの人はもうすっかり肩の荷をおろしたのだ」と考えること、「自分もいくらかでも肩の荷をおろせたらと願う」こと、つまりはアーレントは自らのうちにもきざす絶望と自死への傾斜に抵抗しているのではないか。そのことの厳しさに、そこに込められている死者たちへの痛恨の念にも、私は想いをめぐらせてみるのである。

とはいえ、いうまでもなく、この文章はプリーモ・レーヴィの自殺を念頭に置いて書かれたものではない。

アーレントがアメリカでそれを書いていたとき、十三歳年下のレーヴィはイタリアにいて、トリノ大学を出て二年目の若者にすぎなかった。イタリアではまだ、「アウシュヴィッツ」は、人々が信じたがらない噂話でしかなかった。レーヴィと友人たちは、最後には連合軍が勝利してファシズムは倒れると考えていたが、自分たちはその戦いの「他者」であると考え、「他者」であり続けるつもりだった。

この頃、ドイツ軍に占領されたヨーロッパで起きていたこと、アムステルダムのアンネ・フランクの家、キエフ近郊バービー・ヤールの溝、ワルシャワのゲットー、テッサロニキ、パリ、リディツェで起きたこと、私たちを呑みこもうとしていたその悪疫については、いかなる正確な情報も私たちのもとには届いてこなかった。ただギリシャやロシア戦線の兵站地から帰ってきた兵士たちの曖昧で不吉なほのめかししかなかったが、私たちはそれを割引きする傾向があった。私たちは無知ゆえに生きていた。それは山登りをしていて、ザイルがすり切れそうになっているのに、気がつかなくて、かまわず登っているのと同じだった。

（「金」『周期律』）

一九四二年十一月に連合軍が北アフリカに上陸し、翌一九四三年一月末、ドイツ軍はスターリングラードで敗北した。戦局は逆転した。

影の中から、ファシズムに屈しなかった弁護士、教師、労働者などの人たちが出てきた。私たちは彼らの中に自分たちの教師を認めた。今まで聖書や化学や登山にその教理を求めて、得られなかった人たちだった。ファシズムは二〇年間、彼らを沈黙させてきたのだが、彼らはファシズムが単に先見の明のない、滑稽な悪政ではなく、正義の否定者であると説明した。（中略）私たちのようにあざけりながら反抗してもだめだ、怒りにまで高め、それを時宜を

得た組織的反乱に導かなければならない、と彼らは言った。だが爆弾の作り方や銃の撃ち方は教えてくれなかった。（同前）

一九四三年七月十日、連合軍がシチリア島に上陸するとイタリアの情勢は大きく転換した。七月二十五日にファシズム政権は内部崩壊し、ムッソリーニは失脚してバドリオ政権がそれにとって替わった。バドリオ政権はドイツを見限って連合国との単独講和の途を追求し、九月三日になって連合軍と密かに休戦協定を結んだ。だが、九月八日にそれが公表されるとドイツ軍はただちに北イタリアを占領、監禁されていたムッソリーニを救出し、彼を押し立ててガルダ湖畔のサロを本拠に「イタリア社会共和国」、通称「サロ共和国」をでっち上げたのである。このファシスト傀儡政府を、ドイツと日本がただちに承認した。こうして、一度は訪れるかに見えた終戦のチャンスは再び遠のき、反ファシズム運動はドイツ占領軍と、それを扶《たす》けるファシストに対する武装闘争の時期に入っていく。

七月二五日にはファシズムが内部崩壊し、広場は手を取り合う群衆で満たされた。それは自由が権力者の陰謀によって与えられた国の、当てにならない、束の間の喜びだった。九月八日になると、ナチの師団が緑灰色の蛇のように、ミラーノやトリーノの街路に進入し、荒々しく人々の目がさまされた。（中略）

こうして長い間言葉に酔った末に、自分たちの選択には確信を持ち、手段にはまったく自信のないまま、心には希望より絶望をかかえて、破壊され分断された祖国で、私たちは自分を試すために戦場に降りて行った。（同前）

若いプリーモ・レーヴィは、もはや「他者」でいることをやめ、トリノの北方、アオスタ渓谷地方でパルチザン部隊に加わった。

彼が属したのは《正義と自由》に連なる一部隊である。《正義と自由》というのはカルロ・ロッセリを中心に一九二九年、亡命先のパリで結成された社会主義者・共和主義者の反ファシズム運動組織である。この流れをくむグループは行動党という政党に結集した。行動党はドイツ軍の北イタリア占領直後から共産党、社会党、キリスト教民主党などとともに主要都市で国民解放委員会（CLN）を構成し、レジスタンス運動を指導した。パルチザンの総数は一九四三年九月八日に続く最初の十日間で約千五百名、同年末には一万名、四四年七月には九万名、四五年三月に十三万名と増加していった。

ところが、プリーモ・レーヴィによれば、彼の部隊は「ピエモンテ州で一番武器がなく、おそらく一番未熟なパルチザン」だったのだ。

何よりも連絡網がつくれず、武器や資金もなく、それを得るだけの経験もなかった。有能な人間もいなかった。そして善意からにせよ悪意からにせよ、ありもしない組織、指揮者、武器、あるいは単なる保護、隠れ家、火、一対の靴を求めて、平地からどっと登ってきた何の役にも立たない人たちに、私たちは押し流されることになった。

（『アウシュヴィッツは終わらない』、以下『アウシュヴィッツは……』と略）

早くも一九四三年の十二月十三日には、スパイの手引きで山中の隠れ家を包囲され、プリーモ・レーヴィはあっけなく逮捕されてしまう。部隊に参加して、わずか数週間しかたっていなかった。

逮捕されたパルチザンは即決で銃殺されるのが通例だった。そうなっていれば、彼もまた、イタリア・レジスタンス闘争の過程で命を落としたおよそ八千人の犠牲者のひとりで終わっていただろう。

しかし、パルチザンなら「壁の前に立たせる」、つまり銃殺する、ユダヤ人なら収容所に送る、そう尋問者が迫ったとき、彼は自分がユダヤ人であることを認めたのである。「疲れていたせいと、理屈にあわない自尊心からだった」。（「金」）

ナチズムの存立原理でもある人種主義の法則がここでも杓子定規に作用して、彼の運命を他のパルチザン一般のそれと分けることになる。彼の人生の物語はそこで終わるどころか、むしろそこから始まっていく。

ファシストの監房で死を待ちながら、プリーモ・レーヴィは、「ありとあらゆること、人間が経験しうるすべての体験をしたいという刺すような希望を抱いていた」。（同前）

この「希望」は叶えられた。ただし、彼の夢想したのとは正反対の意味で。即座に銃殺された多くのパルチザンとは異なり、ユダヤ人である彼は、翌一九四四年二月、フォッソリ・ディ・カルピの中継収容所からアウシュヴィッツに送られた。そして、「死よりも悪いテロルの目撃者」になったのである。

プリーモ・レーヴィには、彼の親友がそうであったように、レジスタンス闘争に斃《たお》れるチャンスがあった。皮肉なことだが、ユダヤ人であることを黙ってさえすればよかったのだ。収容所で栄養不良と強制労働に疲弊して死ぬことは、最もありえた。反抗してガス室に送られるか、絞首刑か銃殺刑に処されることもできた。高圧電流の鉄条網に身を投げて自殺することは難しくなかった。解放された後ですらも、少なからぬ他の生き残りがそうしたように、卒然と首を吊ることもありえたのだ。

それらすべてのチャンスを逸して——やはり、それらの危機を乗り超えてというべきだろうか——彼は生き残ったのである。

一九七六年、彼は若者たちにこう語っている。

私が生きのび、無傷で帰還できたのは、私の考えでは、幸運によるところが大きい。あらかじめ備わっていた要因、たとえば山の生活に馴れていたことや、化学者であったこと（囚人生活の最後の数カ月にはある程度の特典を授けてくれた）などは、わずかの役割しか果たさなかった。おそらく、人間の魂への関心を決して絶やさなかったことや、単に生きのびるだけでなく（大多数はこうした考えだった）、体験し、耐え忍んだことを語るために生きのびるのだ、というはっきりした意志を持っていたことが、私を助けてくれたのだろう。そして、最も苦しくつらい日々にも、仲間や私は、物ではなく人間だ、と考える意志を執拗に持ち続け、こうすることによって、完全な屈服状態と道徳的堕落をまぬがれえたことが、役に立ったのだろう。

（「若い読者に答える」『アウシュヴィッツは……』）

プリーモ・レーヴィは、「アウシュヴィッツ以後」の世界においても人間がなお生き続けることができるということを身をもって示す「尺度」のような存在となったのだ。死ではなく生の、人間性の敗北ではなく勝利の、彼は象徴であった。

ところが、その彼が生還から四十年以上たったある日、何の説明もないままに自殺したのである。

これはまさに、「一種の身勝手さ」ではあるまいか？

私の乗ったミラノ発の普通列車は、雪に白く塗りつぶされた北イタリアの野をのろのろと走り続けている。停まる駅ごとに乗客が減って、車内はひとしお寒々としてきた。行く手はトリノ。そこには、「身勝手」に自殺したユダヤ人の墓があり、その死の意味を際限なくまさぐり続けているに違いない、孤独な老いた女性がいる。

敵意の時代

列車が峠を越えた様子もなかったのだが、キヴァッソという駅を過ぎると、あれほど降りしきっていた雪が嘘のように止んだ。トリノまで、あと三十分たらず。ここはもうピエモンテ州なのだろう。そうすると、名前から受ける印象とは違って、この土地はもともとあまり雪が降らないのだろうか。視野に広がる平坦な畑は、土の地肌を見せている。

ピエモンテがイタリア史の表舞台に主役格で登場してくるのは、ようやく十七世紀の終わりになってからである。それ以前は、私の印象でいうなら、ピエモンテはイタリアであるのかどうかもあやふやだ。当時のピエモンテを支配していたサヴォイア公国は、あらゆる面でフランス・ブルボン王朝の属国といって過言ではなかった。だが、十七世紀末になって啓蒙専制君主ヴィットリオ・アメデーオ二世が現われると状況は一変する。彼の母親はフランス生まれであり、妻はルイ十四世の孫娘だった。その上、愛人までフランス生まれ。万事はパリとヴェルサイユに筒抜けであったが、それでもヴィットリオ・アメデーオは心ひそかにフランス離れを目論んでいた。彼は母にも妻にも愛人にも心を許さず、自分の本心は腹心にさえ決して打ち明けなかったという。

一六九〇年、満を持していたヴィットリオ・アメデーオはイギリス、オランダなど新教国の反仏同盟についてフランスに弓を引いた。その後は彼一流の酷薄なリアリズムと目まぐるしい変わり身の才でハプスブルグ、ブルボン両勢力が激突する国際政治の荒波を渡りきり、一六九七年、フランスからの独立を実現、一七二〇年にはサルディニアを獲得してサルディニア王国の王となった。今日のトリノ市の基盤が整備されたのは、この君主によってである。辺境の山国ピエモンテに産業が興り有力な中産階級が育って、ここでイタリアの「近代」が準備された。のちのイタリア統一運動はこの地を震源地とし根拠地とすることになる。

一八六〇年、イタリアに統一国家が成立、新国家の国名は翌年三月、イタリア王国と決められた。その過程をイタリアの「ピエモンテ化」と特徴づける見解もある。国家統一はサルディニア王国による他の地域の併合という形で実現したのであり、新しく誕生したイタリア王国は王室、憲章をはじめ、主要な法と制度をサルディニア王国から継承していたからである。

午後四時を過ぎて、私を乗せた列車は静かにトリノのポルタ・ヌォーヴァ駅に滑り込んだ。列車を降りると、隣のプラットフォームで発車を待つのはフランスのリヨン行きの列車である。山を越えればむこうはフランスなのだ。

雪はすっかり止んで、寒さも思ったほどではない。重厚な駅舎を出て周囲を見渡してみると、街並みの印象はたしかに他のイタリアの都市とはずいぶん違っている。美しいというより、ややくすんだような質実な印象である。

路面電車が頻繁に行き交う駅前の大通りにはヴィットリオ・エマヌエーレ二世の名がつけられていた。統一を実現したイタリア王国の、最初の王である。フィレンツェに移るまでのわずか三年間だが、トリノはイタリア王国の首都だったのだ。

駅前の格式ありげなホテルに宿をとった。それが、ひょっとしたら『流刑』の作家チェーザレ・パヴェーゼが自殺した、まさにそのホテルかもしれなかった。

大きなホテルだが、改装中のせいか、閑散として客の姿は見あたらない。フロントの男だけが場違いなほど陽気で、彼のしゃべるアメリカ訛りの英語が高い天井に甲高く響いた。

四階の部屋に荷を解くと、私は窓を大きく開け、首を突き出して眺めまわしてみた。山が見えるかと思ったのである。

ピエモンテ州は私たちの真の故郷で、そこに自分自身の姿があった。晴れた日には遠望でき、自転車でたどりつける距離にあるトリーノ周辺の山々は私たちのもので、かけがえがなく、労苦と忍耐とある種の叡知を教えてくれたのだった。要するに、ピエモンテに、トリーノに私たちの根があった。それは太くたくましくはなかったが、深くて、四方に伸び、奇妙にもつれあっていた。（「カリウム」『周期律』）

だが、方角が違っているのか、それとも建物の影になっているのか、いくら首を伸ばしても山は見えなかった。

ユダヤ人であるということが、やがてどんな災いを意味することになるか、まだ若い学生だったプリーモ・レーヴィがそれを予見できなかったからといって咎めることはできない。いや、彼はむしろ、他の人々よりよほど不吉な予兆に敏感だったのだ。「一九四一年の一月に、ヨーロッパと世界の運命は決まったように思えた。ドイツが負けると思っていたのはわずかの夢想家だけだった」と、彼は書いている。

ドイツ占領下のヨーロッパにおけるユダヤ人の運命を楽観できるのは、あえて目と耳をふさいでいるものだけだった。（中略）

だが、もし生きようとするなら、もし何らかの形で血管を流れる若さを利用しようとするなら、あえて目をつぶるしか方便は残されていなかった。イギリス人と同じように、何ごとにも「気づかない」ままにいて、あらゆる脅威を、感じとれないか、あるいはすぐに忘れ去ってしまうような頭の片隅に追いやるしかなかった。もちろん理論上は、すべてを投げ捨て、逃げ出し、国境をまだ開放していたわずかな国々の中の、遠い神話上の国に移住することもできた。マダガスカルや英領ホンジュラスといった国々だ。だがそうするには多額の金と途方もない決断力を必要とした。しかし私も、家族も、友人たちも、いずれも、それを持ち合わせていなかった。（同前）

ひたひたと身に迫る災厄の予兆を感じながら、プリーモ・レーヴィは身動きもできなかった。まるで邪悪な毒蜘蛛の巣にからめとられた小さな昆虫のようなものだった。

なぜ逃げ出さなかったの？

きっと、後になってそう問われたことだろう。いや、彼自身が何十回何百回となく、自らにそう問うたに違いない。他の多くのユダヤ人たちと同じように。

なぜ逃げ出さなかったの？　……

ああ、何と心を打ちひしぐ問いだろう。被害者の側に先見の明や勇気が欠けていたというのか。被害者が呑気者だったというのだろうか。

プリーモ・レーヴィが逃げ出さなかった理由は、「ピエモンテ州やトリーノには、敵はいなかった」からだ。つまり、イタリアのユダヤ人は、それだけイタリアの生活に統合されていたのだ。「物事を近い距離から細かく見ている限りでは、それほど破局的には思えなかった」のである。

ピエモンテに、トリノに、プリーモ・レーヴィの「根」があった。住み慣れた家、身についた仕事、幼なじみや隣近所の人々、耳慣れた言葉、思い出の染み着いた街路、市内を流れる川や市を遠くとりまく山々、そこに吹く風、反射する光……。「根」とはそれらすべてのことだ。人間らしい生にとってかけがえのないもののことである。考えても見よ。普通の人にとって、その「根」を自らの手で抜き去ることがどんなに困難なことか。だが、災厄はそこにつけ込んでくる。

駅前のホテルに入ったのが午後四時半頃だった。部屋に入ってから、旅をしている時のいつもの習慣で、洗濯をした。疲れがどっと襲ってきて、そのままベッドにもぐり込んでしまいたい気持ちにかられたが、せっかくここまで来たんじゃないかと自分を叱咤して、暮れかかる街に散歩に出た。

何か食べようと思ったのだが、レストランが開くのはみな七時からで、それまでにはまだ一時間以上もある。カルロ・フェリス広場からローマ街を歩き始める。通りの両脇はアーケードになっていて、靴や婦人服のブティックが明るいショーウィンドーを連ねている。きょうは元日で商店はみな休みだが、それでもたくさんの人々がウィンドーをのぞき込みながらぞろぞろと散策している。人だかりがしているので何かと見ると、映画館が開くのを待つ若者たちだった。

ズッカという名の知れた菓子屋のカウンターでは、カプチーノ・コーヒーやスプマンテというこの地方特産の発泡酒などを手にした男女がうるさくおしゃべりに興じている。いかにも老舗らしく、銭湯の番台のようなレジには年老いた女主人が座り、店内を蝦蟇《がま》のように睥睨《へいげい》している。

罪のない人々の、いつに変わらぬ夕べの賑わい。私には、その賑わいは、直接には触れることのできない映画のシーンか何かのように感じられる。私が旅人だからだろうか。あるいは、彼らの言葉を解さないからだろうか。それはもちろんそうであろうが、それだけでなく、どこか決定的に、半透明の被膜に隔てられた「むこう側」の風景なのである。

プリーモ・レーヴィはどうだったのだろう？　この賑わいに溶け込み、その中で充足していたのだろうか？

若い彼にとっては、トリノは「真の故郷」であった。アウシュヴィッツで解放された彼は八ヵ月の艱難辛苦を越えて、この街へと帰ってきた。アウシュヴィッツの後にも、この街は彼にとって居心地のいい「真の故郷」であり続けただろうか？

ローマ街の雑踏をゆらゆらと歩き続けながら、私はそんなことを思っていた。

プリーモ・レーヴィは一九一九年七月三十一日に生まれた。父も祖父も技師という知的な中産階級の家庭で育ち、地元の名門マッシモ・ダゼリオ高校から、やはり地元のトリノ大学に入学して化学を専攻した。ムッソリーニのファシスト党が政権についたのが一九二二年だから、考えてみれば、彼の少年期の全期間はすっぽりとファシズム体制に覆われていたことになる。

「アーリア人」であろうと、ユダヤ人であろうと、私にも、私たちの世代全般にも、ファシズムに抵抗すべきであり、それは可能だ、という考えはまだしっかりと意識されていなかった。当時の私たちの抵抗は受身で、拒絶や孤立や伝染の拒否に限られていた。能動的な戦いの芽は、私たちの時代まで生き延びていなかった。それは数年前に最後の鎌の一撃によって刈り取られ、その時にトリーノ出身のエイナウディ、ギンズブルグ、モンティ、ヴィットリオ・フォア、ジーニ、カルロ・レーヴィ〔いずれも反ファシズム運動に従事し、後にそのシンボルとみなされた——訳注〕といった証人や中心人物が牢や僻地に送られたり、亡命や沈黙を強いられたりしたのだった。これらの人々の名は私たちに何の意味も持たなかった。彼らについてほとんど何も知らず、私たちを取り囲んでいたファシシズムに敵対するものはなかった。だから無から始める必要があった。私たち流の反ファシズムを「作り出し」、芽から、根から、私たち自身の根から育てる必要があった。（同前）

ここでプリーモ・レーヴィが名前を挙げているエイナウディとはトリノのエイナウディ出版社の創立者、ジュリオ・エイナウディのことである。ギンズブルグはレオーネ・ギンズブルグ、カルロ・レーヴィはいうまでもなく『キリストはエボリにとどまりぬ』の作家である。レーヴィより一世代上のこれらの人々は、いわば反ファシズム運動の第一世代といえよう。

終戦後、反ファシズム運動の犠牲者の遺書が『イタリア・レジスタンス刑死者の手紙』と題する書物に編まれ、一九五二年にエイナウディ出版社から刊行された。日本語訳は『イタリア抵抗運動の遺書』という書名で一九八三年に出ている。遺書といっても走り書きのメモから牢獄の壁に刻んだ伝言にいたるまで、年齢、性別、職業、政治的立場もさまざまな「普通の人々」が、死を前にした極限状態でかろうじて遺した最後の言葉の数々である。たとえば、四十一歳の家具職人、ピエートロ・ベネデッティが妻にあてた遺書には次のような言葉がみえる。

私はきみに言った、生きることは何よりも戦いであり、人生の味は苦い、と。私たちは互いにそれをもうなめつくしたのかもしれないが、それでも足りないのだ。最後の試練が必要だった。

同書に序文を寄せているエンツォ・E・アニョレッティは、レジスタンス闘争中は行動党の代表的存在であり、彼の双子の妹アンナ・マリーアは闘争中に逮捕され凄惨な拷問の末、ドイツ軍に銃殺されている。アニョレッティの序文から引用してみよう。

イタリアの民衆に対して攻撃と暴虐の限りを尽くしていたサロ共和国のファシストたちの目論みは、圧倒的多数の意志に反してまでもファシズムを擁護し、野蛮で文明からほど遠い残酷なその社会を擁護することにあった。だからこそ、イタリアの民衆は立ちあがり、武器もなく戦うことを正しく選びとったのだ。

（中略）

暴虐と弾圧に対して反抗する権利、革命を起こす権利、すなわち、それなくしては人間の社会から獣の社会へと転落してしまう、基本的人権をみずからの力で守り抜く権利、こうした権利は先進文明諸国の遺産の一部にすでに組みこまれてきたが、いまやイタリアの歴史のなかにも、民衆の力によって、もたらされた。そしてひとたびもたらされたからには、後世まで残るであろう。

この闘争が基盤となって、戦後、国民投票によって君主制が廃止され、イタリアは共和国になった。「武器もなく、政府もなく、友軍もなく、いわば鉄器のあいだの土塊《つちくれ》にも等しかった」人々の闘いと犠牲の結果、反ファシズムの理念がイタリア国民共有の価値となったのだ。

犠牲者の一人、レオーネ・ギンズブルグはロシアのオデッサ生まれのユダヤ人であった。幼少時にイタリアへ渡り、ヴィアレッジョとトリノで学んだ。エイナウディ出版社の創立に参加、雑誌『文化《クルトゥーラ》』の主筆を務めるかたわら、トリノ大学でロシア文学を講じていたが、一九三四年、《正義と自由》運動に参加したかどで逮捕され禁固四年を宣告された。ギンズブルグの逮捕にともなって『文化』の後任主筆となったのが親友のチェーザレ・パヴェーゼだが、そのパヴェーゼも翌三五年五月に逮捕されてしまった。彼の代表作『流刑』は、この時の経験を題材にしたものである。

ギンズブルグは一九三八年、いったん禁固刑から釈放されたが、四〇年に南イタリアの寒村に流刑された。四三年七月、ファシスト政権が内部崩壊すると、彼は流刑地を脱出してローマに潜行、行動党の機関誌『自由イタリア』の編集長を務めた。しかし、同年十一月十九日、ファシスト警察に逮捕され、ドイツ軍による殴打と拷問の末、四四年二月五日、ローマ市のレジーナ・チェーリ刑務所で獄死したのである。

レオーネ・ギンズブルグが妻のナタリアにあてた最後の手紙が『イタリア抵抗運動の遺書』に収められている。

ぼくは最近ふたりの生活を反省してみた。ぼくたちの唯一の敵（ぼくの結論だ）はぼくの恐怖だった。何度か、何かの理由でぼくは恐怖に襲われた。その都度、それを克服し、おのれの義務をないがしろにするまいとあらん限りの力を注いだ。その結果、ぼくにはもはや何をする活力も残っていなかった。そうではないかい？　いつかまた会うときには、ぼくは恐怖から解き放たれているだろう。そしてこのような暗い部分もぼくたちの生活に二度と存在しないだろう。何ときみを愛していることか。もしもきみがいなければ、ぼくは喜んで死ねるのだが（これも最近、到達した結論だ）。

しかしぼくはきみを失いたくない。そしてきみは決して死んではならない。万一、ぼくがいなくなっても。

生きのびた妻はのちに小説家になった。トリノのエウナウディ出版社の周辺に集い、困難な時代に抗って生きた人々の生彩あふれる肖像を、私たちはナタリア・ギンズブルグの自伝的小説『ある家族の会話』にみることができる。

私たちが越した家は、レ・ウンベルト通りのなんとなく古ぼけた背のひくい建物で並木道に面していた。私たちの家は一階にあった。このほうが道路から近かったし、出入りするのにいちいち階段をのぼりおりしなくてたすかるというのであった。「帽子なしで外出できるわ」と母はよろこんだ。「帽子なしで」外へ出るのが母の夢だったのだが、父が許さなかった。

ナタリアの結婚前の姓はレーヴィである。父のジュゼッペ・レーヴィはトリエステ出身のユダヤ人で、母のリディアはキリスト教徒だった。トリノ大学の解剖学教授だった父は頑固一徹の変わり者で、若いときからの社会主義者であり、少々呑気者というところのある母も社会主義者びいき。二人とも大のファシスト嫌いだった。

父は息子たちが自分に内緒で反ファシスト地下運動に参加していたのを知ったとき内心で喜んだのだが、その理由は息子たちに「なんの期待もしていなかった」からなのである。ナタリアの兄の一人マリオはパリに亡命してカルロ・ロッセリの《正義と自由》運動に加わったが、やがて運動を離れて「フランスかぶれ」になってしまう。父と別の兄たちジーノとアルベルトも反ファシズムの嫌疑で拘束され、父とジーノは短期で釈放されたがアルベルトの方は軍事裁判に回されて流刑を言い渡される。そんな不安と苦悩のただ中にあっても、ナタリアの母は、息子のジーノが取り調べをおえて警察から釈放されたとき、こんなことを言ったのである。

「やれやれ、また退屈な毎日が始まるのねえ！」

ナタリアは一九三八年、いったん釈放されたレオーネ・ギンズブルグと結婚、だが四〇年にレオーネが流刑にされたため幼い子供を連れて南イタリアの流刑地に同行した。そこでの生活を題材として小説を書き始めたのが、文学者としての彼女の出発点になったのである。著名な歴史家カルロ・ギンズブルグはレオーネとナタリアの息子にあたる。

戦後、ナタリア・ギンズブルグはエイナウディ出版社に迎えられ、パヴェーゼたち旧い仲間とともに活動するようになった。だが、パヴェーゼは、一九五〇年八月末、ナタリアたち友人が誰もトリノにいないときを周到に選んで、「トリノ駅前のホテル」で自殺したのである。

彼は何年も前から自殺すると言い続けていたので、もうだれもそれを本気にしていなかった。（中略）彼は戦争を恐れてはいたが、そのために自殺するほどではなかった。それでも戦争をこわがり続けていたことはたしかで、その恐怖は戦争がとっくに終わってからもまだ続いていた。それはしかし、私たちにしても同じだった。というのも戦争が終わった途端に私たちは次の戦争を恐れはじめ、戦争について絶えず考えるのがくせになってしまった。そしてわれわれの仲間で次の戦争をだれよりも恐れていたのは彼だった。

パヴェーゼが死んだこの年、ナタリア・ギンズブルグは英文学者のガブリエーレ・バルディーニと再婚、やがてトリノを去ることになる。

私の愛していたのは、レ・ウンベルト通りにあるカフェ・プラッティから数メートルの距離の、かつてバルボ夫妻が住んでいた家から数メートルのところにある、またパヴェーゼが死んだアーケードのあのホテルからも数メートルしか離れていないあの出版社だったのだ。トリノという街、そこに生きた人々との思い出が、ナタリア・ギンズブルグにとって、どれほどかけがえのないものであったかがうかがわれる。その後の彼女は、七十二歳で世を去るまで戦後イタリア文学を代表する女性作家として活躍した。

ギンズブルグ夫妻もプリーモ・レーヴィと同じユダヤ人であった。ナタリアの父も、レオーネも、トリノ大学の教員だった。何より、レ・ウンベルト街というのはプリーモ・レーヴィが生まれ育った街だ。そう考えると、彼らはプリーモ・レーヴィの、いわば隣人か親戚のような人々だったといってもおかしくはない。それなのに若い日のプリーモ・レーヴィは一世代上にあたるこれらの人々についてほとんど何も知らず、「これらの人々の名は私たちに何の意味も持たなかった」というのである。それだけ、反ファシズム第一世代に振り下ろされたファシストの「鎌の一撃」が凄まじいものだったということであろうか。

若いプリーモ・レーヴィは、すぐ上の世代から断絶したままに、自分流の反ファシズム思想を作り出さなければならなかった。その拠り所は化学、より広くいえば科学的合理精神であった。

彼は大学の化学教室の友人、サンドロ・デルマストロに熱っぽく語った。

物質に打ち勝つとはそれを理解することであり、物質を理解するには宇宙や我々自身を理解する必要がある。だから、この頃に、骨を折りながら解明しつつあったメンデレーエフの周期律こそが一篇の詩であり、高校で飲みこんできたいかなる詩よりも荘重で高貴なのだった。

うか?

（中略）

物事を考えられる人間に、何も考えずに、ひたすら信ずるよう求めるのは恥辱だと思わないだろうか? あらゆる独断、証明のない断言、有無を言わさぬ命令に嫌悪感を覚えないだろうか?
（「鉄」『周期律』）

プリーモ・レーヴィにとって、化学や物理学こそがファシズムへの対抗物だった。というのも、それは「明白明瞭で、一歩一歩が証明可能」だからである。

すでに十六歳の頃、化学に魅せられた彼が友人とともにこっそりと水の電気分解実験をする話が『周期律』の「水素」という短篇に綴られている。プリーモ少年は、「ふくらむつぼみや、花崗岩の中にきらめく雲母や、自分自身の手を見て」、心の中で叫ぶ。

「これも理解してやる。みな分かってやる、だが彼らが望むのとは違ったやり方で。近道を見つけてやる、鍵を開ける道具を作ってやる、扉をこじ開けてやる」。

「理解」への激しい欲望、それが少年時代から変わらずプリーモ・レーヴィの生涯を貫いている。科学精神はファシズムに対抗するための武器だった。非合理な精神主義に対する軽蔑と嫌悪は、彼の魂をファシズムによる腐食から護った。だが、それは、彼がアウシュヴィッツという理解不可能な逆ユートピアに投げ込まれた時、逆ユートピアを地上に実現することのできた「ドイツ人」を「理解」したいという欲望へとつながっていった。打ち勝つためには「理解」しなければならない。この欲望は生還した後もますます増大していった。生命を危うくする欲望である。

ポー街

元日の日暮れ過ぎ、商店はみな休みだというのに、トリノのローマ街には散策の人々が溢れていた。その人波にぽつりと浮かんだ漂流物のように、私はふらふらと歩き続けた。地図を頭に思い描くと、ローマ街が王宮に突き当たるところがカステッロ広場である。広場の東側にはオペラ劇場があり、その手前を右に折れる道がポー街。その名のとおり、ポー川へ通じているはずだ。目的地というほどのことはないが、とりあえずそこまで歩いてみるつもりである。

ポー街の名が私の記憶に刻み込まれていたのは、「アルゴン」(『周期律』)を読んだせいである。それはどうやら、プリーモ・レーヴィにとって、おそらくはトリノのユダヤ人たちの多くにとっても、特別な地名であるらしかった。

プリーモの父は日曜日ごとに彼を連れて、ポー街に住む「マリアおばあさん」に会いに行った。「父はいつもポケットを本でいっぱいにしている技師《インジエニエ》で、計算尺でハムの掛け算の勘定をしてしまうので、すべてのハム・ソーセージ屋に知られていた」。だが、プリーモの父は、気安くハムを買っていたのではない。ユダヤ教の戒律に反して豚肉製品を食べることに当惑を覚えていた彼は、ショーウィンドーの誘惑に屈するたびに、ため息をつき、小声でののしり、「批判を恐れるか、共犯意識を期待しているかのように」、幼い息子を横目で見るのだった。
「マリアおばあさん」というのはプリーモの祖母である。最盛期には「つれない女《ストラッサクール》」として知られた彼女は若くして未亡人になったが、年をとってからキリスト教徒の老医師と再婚した。年を重ねるにつれて「吝嗇と、奇矯な傾向」を見せるようになった。一日おきにユダヤ教のシナゴーグとキリスト教の教区教会に通い続け、八十歳を越えて亡くなった。

ポー街のアパルトマンの薄暗い階段の踊り場に着くと、父は呼びりんを鳴らし、扉を開けに来た祖母の耳に大声で叫ぶのだった。「この子はクラスで一番だよ！」祖母ははた目に分かるほどいやがりながら、私たちを中に入れ、使われていず、ほこりだらけな部屋を次々と通って私たちを導いた。その部屋の一つには不吉な道具がまき散らされていたが、それが半ば放棄された医師の診察室だった。医師はほとんど姿を見せず、私ももちろん会いたくなかった。それは、父が母に、どもる癖のある子供が連れて来られた時、舌の下の筋をはさみで切った、と話しているのを聞きつけて以来だった。祖母はきれいな応接間にまで導くと、片隅からいつも同じチョコレートの箱を取り出し、一つ私にくれた。チョコレートは虫が食っていて、私はひどくとまどいながら、それをポケットに落とし込むのだった。

この生き生きとした数行を読んだだけで、繊細で利発な少年とその家族たち、そしてイタリアで最も開明的だったトリノという都市で、変わりゆく時代の波に洗われるユダヤ人共同体の陰翳にとんだイメージが浮かんでくる。

迷信深いくせにいつも誘惑に負けてハムを食べてしまう父といい、キリスト教徒と再婚し信仰の二股をかけた変わり者の祖母といい、いずれも「真面目なユダヤ教徒」とはいえない。そこがまた、面白いのである。

「アルゴン」には、トリノのユダヤ人たちが用いた、謎めいた、風変わりな言葉がふんだんに紹介されている。たとえば「風《ルコード》」という言葉は、旧約聖書創世記の「神の風が水の上を息づいていた」に由来するという。こうした言葉は儀礼や宗教書のヘブライ語原典に起源をもち、ピエモンテ方言とヘブライ語が結合して産まれた。それは、追放、流浪、迫害をくぐり抜けてきたユダヤ人共同体の集団的記憶の痕跡そのものである。

「オド」という言葉もそのひとつだが、「これはどうしても必要に迫られた時、キリストを指す言葉で、声をひそめ、あたりをうかがいながら発するのである。キリストについてはなるべく話さないほうがいい。それは『神殺しの民』の神話がなかなか死に絶えないからである」。

こうしたピエモンテ地方のユダヤ人の独特な言葉は、非ユダヤ人《グィーム》の面前で彼らについて話す際に秘密を保持するための「犯罪者用語的機能」をもち、「非ユダヤ人たちが作った禁域と弾圧の専制体制に、理解できない侮辱や呪いの言葉で、大胆に応ずるためのものだった」。「その人間的な意義は大きい」と、プリーモ・レーヴィはいう。それはほとんどすべての「境界に位置し、移り変わった言葉」と同じように、「感嘆すべき喜劇的な力を持っている」のである。

こんな読み方は自分に引きつけすぎだと思うけれど、私は、自分の幼い日の情景を連想する。日本人を見下げていう朝鮮語に「倭奴《ウェノム》」という言葉がある。文字どおり「やまとのやつ」という意味だが、私の父の世代は腹に据えかねる出来事があると、しばしばこの言葉を口にした。父が日本に来たのは一九二八年、六歳の時のことである。日本が朝鮮を植民地支配していたその時代、故郷で食いつめた祖父（父の父）が働き口を求めて日本に流れてきたためである。祖父は土木作業や廃品回収などに携わったが、ご多分に漏れず、ひどい貧しさだったという。父の学歴は自称「高等小学校中退」である。さぞかし、何かにつけて日本人たちから侮りや辱めを受けたことだろう。

父は幼くして来日したので、家庭で日常に用いる言葉は、ほぼ完全に日本語になっていた。母も同じである。そのため私の母語は日本語になってしまったのだが、それはともかく、私が子供だった頃、父と母が朝鮮語で会話するのは夫婦間のトラブル、金銭上のいざこざ、親戚の誰かの悪口など、要するに子供たちに知られたくない話題のときに限られていた。その父が時折漏らす意味不明な言葉に好奇心をもった私は、ある日、友人を家に連れてきて一杯機嫌の父に「ウエノンって何?」と尋ねたことがある。すると、父は「お?」というようにこちらを見てしばらく黙ってから、「それはな、上の者《うえのもん》いうことや。」というと、へへっと愉快そうに笑ったのである。ずいぶん後になって、これが下手な駄洒落だったことが私にもわかったが、もちろん、とても笑う心境にはなれなかった。

ところで、「『神殺しの民』の神話」というのは、キリスト教社会がユダヤ教徒に対して長年にわたって抱き続けていた、あるいは現在も抱き続けている、根深い偏見を指している。新約聖書のヨハネ福音書第十九章に、以下の記述がある。

爰《こゝ》にイエス茨の冠冕《かんむり》をかむり、紫色《むらさき》の上衣をきて出で給へば、ピラト言ふ「視よ、この人なり」祭司長・下役どもイエスを見て叫びいふ「十字架につけよ、十字架につけよ」ピラト言ふ「なんぢら自らとりて十字架につけよ、我は彼に罪あるを見ず」ユダヤ人《びと》こたふ「我らに律法《おきて》あり、その律法によれば死に当るべき者なり、彼はおのれを神の子となせり」(中略)この日は過越《すぎこし》の準備日《そなへび》にて、時は第六時ごろなりき。ピラト、ユダヤ人にいふ「視よ、なんぢらの王なり」かれら叫びていふ「除《のぞ》け、除け、十字架につけよ」ピラト言ふ「われ汝らの王を十字架につくべけんや」祭司長ら答ふ「カイザルの他われらに王なし」爰にピラト、イエスを十字架に釘《つ》くるために彼らに付《わた》せり。

（日本聖書協会『旧新約聖書』。ただし漢字は新字体に改めた）

当時のパレスチナ地方を支配していたローマ帝国の総督ピラトはできればイエスを許そうとしたのだが、むしろ被支配者の側であるユダヤ教の祭司長や一般大衆が熱狂的に死罪を要求した、その結果イエスは十字架につけられ刑死した、という伝承である。あくまで伝承のひとつにすぎないのだが、かりにこれが実際に起こった事実そのとおりだったとしても、普通に読みさえずれば、ここで批判されているのは形骸化した律法に固執し、支配者ローマにおもねる当時のユダヤ教指導層であり、ファナティックな集団心理にかられる群衆であることはいうまでもないであろう。「ユダヤ人」という言葉がこのように用いられているのはヨハネ福音書のみであって、他の福音書では単に「群衆」とか「人々」となっている。ただし、マタイ福音書の該当部分（第二十七章）には、ピラトが群衆の前で手を洗い、「この人の血につきて我は罪なし、汝等みづから当れ」と言ったところ、「民」がこぞって、「その血は、我らと我らの子孫とに帰すべし」と答えたという記述がある。

このような伝承が中世以降のヨーロッパ・キリスト教社会において、神の子イエスを殺したのは「ユダヤ人」だ、という、驚くほど短絡的な敵意の温床となった。いうまでもないが、

「ユダヤ人」といわれる人々が全体として、イエスの処刑に責任があるなどという考えは理性的なものとはいえない。そもそも、イエスその人も、その当時の「ユダヤ人」の一員であったのだ。だが、こうした宗教的というよりむしろ迷信的な敵意が、ナチ流の人種主義イデオロギーと結びつき、伝統的な宗教共同体のメンバーを指す「ユダヤ人」という言葉が、「人種」としての「ユダヤ人」という妄想へとすり替えられたとき、ユダヤ人の「絶滅」というプロジェクトが実行可能となったのである。

バッハの『マタイ受難曲』と『ヨハネ受難曲』は、かねてから私が愛している音楽である。しかし私は、ここに述べたことを考えるようになってから、受難曲を聴いていても心ゆくままに芸術的昂揚に身を任せることができなくなってしまった。中欧あたりのどこかの薄暗い教会の中、脇腹から血を流す凄惨なイエスの磔刑像のもとで、受難曲に感きわまっている群衆の姿が思い浮かんでしまうからである。彼らのある者は、いまにも熱狂して「除け、除け、十字架につけよ」と叫び出さんばかりである。

四世紀にキリスト教がローマ帝国の国家宗教となった時、キリスト教徒とユダヤ人との通婚と性交を禁止する最初の反ユダヤ政策が取られた。十四世紀の黒死病大流行の際は、ユダヤ人が井戸に毒を投げ入れたという流言によって、ヨーロッパ各地で大虐殺が繰り広げられた。ユダヤ人はキリスト教徒の子供をかどわかして殺し、その血を儀式に用いるという迷信が大衆に浸透し、虚偽の告発によって無実のユダヤ人たちが火あぶりに処された。十三世紀から十六世紀まで、イギリス、フランス、ボヘミア、イタリアなどのユダヤ人たちが、改宗か追放かを迫られた。一四九二年には、国土再征服（レコンキスタ）を完成させたスペインからイスラム教徒とともにユダヤ人が追放され、北アフリカ、ギリシャ、オランダなどに離散した。スペインに残り余儀なくキリスト教に改宗したユダヤ人は「マラーノ」と呼ばれた。これはスペイン語の「豚」に由来する言葉だという。「マラーノ」の中には日本の隠れキリシタンのように、ユダヤ教の伝統を密かに守っていた人々もおり、絶えず疑惑の眼を向けられ、しばしば異端審問や魔女狩りの犠牲にされた。

マルチン・ルターの思想に反ユダヤ主義が色濃いことはよく知られているが、それは彼の同時代人の多くに共有されていたものである。十九世紀から二十世紀初頭にかけてロシア・東欧でポグロム（ユダヤ人に対する集団的迫害）が頻発した。その際、キリスト教聖職者が扇動者の役割を果たしたこともめずらしくなかった。第二次大戦後ですらポーランドにおいてポグロムは起こっている。

歴史学者のラウル・ヒルバーグは、その労作『ヨーロッパ・ユダヤ人の絶滅』（以下『絶滅』と略）で、ナチス・ドイツによるヨーロッパ・ユダヤ人の絶滅政策は歴史上前例のないものであり、その規模と形態の点でそれまでに比較可能なものはなかったとしつつも、その前提条件としてヨーロッパ・キリスト教社会の伝統的な反ユダヤ思想が果たした役割を重視している。

「ナチス支配の一二年間に生じたことの大半は、すでに過去に起こっていたのがわかるはずだ。ナチスの絶滅行為は真空から生じたものではなく、それは循環的にあらわれる傾向の頂点にあるものである」というのである。

イエスの処刑に「ユダヤ人」が責任があるという見解をカトリック教会が公式に改めたのは、ようやく一九六二年から六五年にかけて開かれた第二回バチカン公会議でのことだ。教皇パウロ六世によって、「キリストの受難は、当時のユダヤ人、あるいは今日のユダヤ人の責任ではない」との宣言がなされたのである。

「アルゴン」はプリーモ・レーヴィの作品の中でも、ひときわ異彩を放つ一篇である。ナタリア・ギンズブルグはこの短篇を「肖像画のギャラリー」と評したとのことだが、まさにその言葉のとおり、ここには十九世紀から二十世紀にかけて、「同化と解放」の時代に揺れ動いた、ピエモンテのユダヤ人たちの肖像が活写されている。

「バルバパルティンおじ」の名はボナパルトの意で、ナポレオンによってもたらされた束の間の解放を記念して名付けられたが、彼は「耐え難い妻」から逃れるために改宗しキリスト教の伝道師として中国に発ってしまった。

美人の「ビンバおばあさん」はナポレオンに金を貸したので一家もろとも男爵に叙された。「バルバリク」は優秀な医者だったが、労苦、馬車の騒音、出世のための策略、日々のパンを得る煩わしさ、取り決め、勤務時間、締め切り……、つまり「世間」が大嫌いだった。ひとの勧めで船医になりジェノヴァ＝ニューヨーク間の航海をしたが、アメリカが「あまりにもうるさい《ブルデル》」からといって辞めてしまった。

「キエーリのバルバブラミン」は酪農場を所有する大金持ちで、親戚たちは彼の遺産をあてにして「宴会、舞踏会、パリ旅行」に財産を浪費していた。ところが「バルバブラミン」は「非ユダヤ人《グィア》」の女中に熱をあげ、両親に結婚を反対されると床に伏し、そのまま二十二年間、床についたままだった。その間にすっかり貧しくなってしまったが、両親が死んだ後、ようやくもと女中と結婚し、平安のうちに世を去った。……

こんな調子で、話は際限なく続く。奇矯でもあり愛らしくもある人々の、すこし可笑しく、すこし哀しいプロフィールの数々。すべてはプリーモ・レーヴィがまだ幼かった頃のこと、あの大災厄以前の話である。

プリーモ・レーヴィの祖先は一四九二年の大追放によってスペインを追われたユダヤ人で、南フランスのプロヴァンス地方を経て、一五〇〇年頃、ピエモンテ地方にやって来たのだ。彼らはトリノで拒絶されてピエモンテ地方南部の農業地帯に定住し、絹の技術を導入したが、「最盛期でも、非常に数の少ない少数派の状態を超えることはなかった」。

東欧やロシアのユダヤ人のように激しい迫害を受けた記録は伝わっていないが、「嫌疑と、漠然とした敵意と、嘲笑の壁が、彼らを実質的に残りの人々と分けていたに違いなかった。それは一八四八年の解放と、その結果としての都市移住の数十年後まで、続いたのだった」。

これを読んで私は、すこし茫然としてしまった。プリーモ・レーヴィはトリノを「真の故郷」と呼んでいたが、彼が生まれた一九一九年の時点では、実は彼の祖先のユダヤ教徒がトリノで住むことを許されてからまだ七十年ほどしか経っていなかったのだ。「故郷」は長い間、彼らを拒絶し続けていたのである。長い疎外と差別の歴史の後、ようやく十九世紀の半ばになってユダヤ人の身分解放が実現したのだが、いまになって考えてみると、比較的穏やかだった十九世紀後半からの数十年間は、まるで一瞬のように思える。「アルゴン」に登場する人々が笑い、泣き、生き生きと活動したのも、その一瞬のことだ。一瞬の明るさの後に、それまでのいついかなる時にも比べることのできない、想像を絶する敵意と迫害の大波が彼らを呑み込んだのである。

「アルゴン」の語り口に誘われて、私の脳裏にも、もう長いこと思い出すことのなかった在日のわが親類縁者たちの肖像が浮かび上がってきた。もちろんこちらは、男爵とか、金持ちとか、医者とか、技師とかだったプリーモ・レーヴィの縁者たちとは大違いではあるけれど。

医師会館のそばの路地裏に住んでいたので「医師会のおばちゃん」と私が呼んでいた女性は、生き別れになった夫を探して韓国から密航してきたのだが、知らない間に夫が日本人女性と結婚して子供までもうけていたため、薄暗い小部屋でつましいひとり暮らしをしていた。小学校の帰りに立ち寄ると、「ああ、タアちゃん、来たんか」となまりの強い日本語で喜びを表わし、自分では決して口にしないキャラメルや菓子を取り出してきて、手をとって握らせてくれた。「タアちゃん」というのは、幼い頃の私のあだ名である。お目当ての菓子をもらってしまった後は、とくにする話もなくて、私はすぐに退屈して家に帰りたくなるのだった。「医師会のおばちゃん」は、そうやって異国でひとり数十年を暮らしたが、夫の日本人妻が長く臥った末に世を去ると、憑物《つきもの》が落ちたようにさっぱりした様子で韓国に引き揚げていった。

一族の長老格で「新町のおっさん」と呼ばれていた老人は、私の母の叔父にあたる。母はこの老人を好いていて、老人が前触れもなく遊びに来るといつも喜色満面で迎え入れ、ここぞとばかりに日頃は使う機会のない朝鮮語でよもやま話を始めるのだった。老人はもともと言葉少なだったが、まして日本語がほとんどできないので、私を見ても、顎を少し上げるようにして「あ」とひとこと発するだけだった。母が用意した酒を飲んで顔を赤くした老人の姿は智恵深い老猿のようで、冒しがたい威厳があった。この老人より私の母の方が先に死んでしまったのだが、通夜と葬式の席でも老人は、「可哀そや」とひとことだけ漏らして、あとは黙ったままだった。

私の叔父の一人は徹底した吝嗇漢で、母は密かに「ふくろうオヤジ」と呼んで忌み嫌っていた。この叔父は、解放後、一度は韓国に帰国したのだが、折から勃発した朝鮮戦争に徴兵されてしまい、軍事訓練のため富士の裾野に送られて日本に舞い戻る仕儀となった。ある雨の激しく降る夜、脱走して京都のわが家に助けを求めてきたので、しばらくの間わが家で匿《かくま》っていたのだが、酒癖が悪く、しょっちゅう酔っぱらって階段から放尿するので母は辟易していたのである。

色黒でタドンのような「丹後のおばさん」は寡婦だった。女手ひとつで大勢の子供を育て上げた。いまだに私は、その正確な数を知らない。彼女が身につけた日本語が丹後弁の男言葉だったため、いつも私たちを「おめえ」と呼んだ。彼女の夫は、若狭湾のどこかの小島で「大木の幹ほどもある大蛇」を踏みつけて崖から転げ落ちてしまい、そのまま長く寝込んだ末に死んだと聞かされていたが、私はかなり成長するまでこの話をそのまま信じていたのだ。……

それやこれや、ずるずると芋づる式によみがえる思い出はまことに埒もない。みじめで、滑稽で、驚くほどしぶとく、そのくせ意外に脆《もろ》いわが親類縁者たち。心によみがえる情景はすべて、「漠然とした敵意と、嘲笑の壁」に囚われている少数派ならではの卑屈さとその裏返しのやせ我慢、やけっぱちな哄笑に満ちている。そこにはいつも、流亡と故郷喪失の悲哀がからみついている。

いつの間にか四十代も半ばを過ぎた私は、いまはすっかり疎遠になってしまったこれらの人々を想いながら、見知らぬトリノの街を歩き続けた。

カステッロ広場に着いてみるとそこは想像した以上に広く、行き交う人影は急に疎《まば》らになった。ポー街の角に立って見通してみたが、プリーモ・レーヴィの祖母が暮らしていたアパートはどのあたりか、もちろんわかるはずもない。整然とした街灯の連なりが遠い暗がりへと吸い込まれて、まるで遠近法を誇張した超現実主義の絵画のようだ。彼方の暗がりは、多くの人々の生命、ひとつの文化そのものを呑み込んだ深い闇の奥につながっている。

かつてあったある世界が永遠に消えてしまった、それはこの世界の人々が死んでから長くたつということだけではなく、ドイツの強制収容所が同じような人々を皆殺しにしたからだった……大量虐殺が彼らを地上から葬り去っただけでなく、その種さえも殺してしまった。それはもういかなる場所でも再生できないのである。

ナタリア・ギンズブルグが「アルゴン」に寄せた言葉である。（『周期律』「訳者あとがき」から）

不純物

一九三八年、ムッソリーニ政権は反ユダヤ人宣言を発し、ナチのニュルンベルク法に倣った人種法を制定した。義務教育の教科書には、「人種」という章が現われた。

ユダヤ民族は北方の諸民族の間に商売と金儲けへの渇望からなる新たな精神（地上の富を独占することだけをめざす精神）を植えつけた。栄光あるローマ文明の後継者であるムッソリーニのイタリアは、この投機家の利害の結社である民族、不和をまき散らす民族、あらゆる理想に敵対する民族を放置しておくことはできない。ユダヤ民族やその他の劣等民族がもたらす汚染のあらゆる危険から気高いイタリア民族を保護するために、ローマは直ちに断固たる措置をとった。一例をあげれば、帝国の征服後わが民族とアフリカ民族の混交という危機に対して厳しい禁止措置がとられた。高等民族は従属民族との間に血のつながりを持つべきではない。文明を伝えるという高い使命をないがしろにしないためにも、わが民族の威信の低下を招かないためにも、そして民族の純潔を危うくしないためにも。

イタリアのユダヤ人の多くは、一般のイタリア人と同様にファシスト党にもドーポラヴォーロ Dopolavoro にも参加していた。ドーポラヴォーロというのは労働余暇という意味で、ファシスト政権がレクリエーション活動などを通じて大衆の組織化をはかった官製団体である。ドーポラヴォーロの識字教育に携わった教師たちは、ここに引用した教科書の「人種」のくだりにさしかかると、「まあ、ここはとばそう」といったものだという。(『ファシズム体制下のイタリア人の暮らし』)

この話をそのまま受け取っていいかどうか速断できないが、イタリアの状況が、ユダヤ人が十九世紀末から繰り返し激しいポグロムにみまわれ続けたロシアや東欧、ナチズムの脅威に直接さらされていたドイツなどとはずいぶん違っていたということはできるだろう。

イタリアのユダヤ人はまず、スペインに支配されていたサルディニアとシチリアから十五世紀末に追放され、ナポリ王国からも一五四一年に追放された。その後四世紀の間、イタリア南部に定住したユダヤ人はごく少数だが、中部と北部ではさまざまな反ユダヤ措置にもかかわらず定住した。ヴェネチアでは鋳物工場のあるあたりのユダヤ人居住区は、一五一六年以降、夜は監視下におかれた。「ゲットー」という呼び名は、この地域に発祥したものである。しかし、イタリアにおけるユダヤ人とキリスト教徒との関係は全般的に、他の地域に比べて良好だったといわれている。「一九世紀のイタリアほど、ユダヤ人が日常生活の織り目のなかに急速に吸収されたところはなかったし、こんなに小さなユダヤ人共同体が、芸術、科学、商業、政治の分野でこれほど多くの地位の高い個人や目立った人びとを生み出したところもなかった」とラウル・ヒルバーグは述べている。(『絶滅』)

ムッソリーニのファシスト政権も、当初はユダヤ人排撃にさほど熱心ではなかった。しかし、ドイツでヒトラーが政権につくとイタリアは亡命ユダヤ人の流入先となり、ドイツからの圧力が強まった。ムッソリーニの側でもドイツとの同盟関係強化の方針をとり、一九三七年十一月に日独伊三国防共協定を締結、一九三八年九月に人種法を制定して一連の反ユダヤ措置を布告した。

この時点で、イタリアには全人口の〇・一パーセント前後にあたる約五万七千人のユダヤ人が住んでいた。うち約一万人はドイツ、オーストリアからの亡命者だった。大部分が都市に住み、ローマの一万三千七百人を筆頭にミラノ、トリエステと続き、プリーモ・レーヴィの故郷であるトリノは第四位で三千七百人のユダヤ人がいた。

反ユダヤ措置により、ユダヤ人は文武の公職、ファシスト党、イタリア人を多数雇用する企業の所有から排除された。さらに一九三九年六月の政令によって、専門職業に従事するユダヤ人は、ユダヤ人の顧客や患者しか相手にしてはいけないことになった。ユダヤ人とイタリア人との結婚が禁止され、財産所有とくに農地所有に制限が加えられた。一九一九年以降に国籍を獲得した帰化ユダヤ人（プリーモ・レーヴィの一家はこれにあてはまらない）から国籍が剥奪されることになり、外国籍のユダヤ人と帰化ユダヤ人は一九三九年三月までに財産を放棄してイタリアを離れるよう命令された。その結果、一九四一年末までに大半が帰化ユダヤ人からなる七千人が海外に移住した。

それでも、イタリアにおける反ユダヤ政策は不完全にしか実施されなかった。法令は外見上、ドイツで施行されていたのと同じくらいに徹底したものだったが、イタリア政府はその法令を徹底できず、実施すらできないことも多かった。実際、イタリアではユダヤ教徒とキリスト教徒との「混合婚」の比率が高く、また非常に多くのユダヤ人が軍の将校や高級官僚、高位の政治家といった職に就いていたため、ユダヤ人のイタリア社会への統合が、ユダヤ人迫害を心理的にも行政的にも困難にするところまで進んでいたのである。（同前）

要するに、ドイツの直接占領の下に置かれた他の地域と比べれば、イタリアのユダヤ人の境遇は「うらやむべきもの」であった。だが、それはあくまでも比較の上での、それも最悪のものとの比較の上での話にすぎない。

イタリアにおいても反ユダヤ政策の鉄の輪はじわじわとユダヤ人を締め上げ、ユダヤ人と「アーリア人」との間にくさびを打ち込んでいった。

人種法発布以前はプリーモ・レーヴィにとって、自分がユダヤ人であるということは、出自の遠い記憶であり、消え去りつつある慣習や文化のことにすぎなかっただろう。「亜鉛」(『周期律』)という短篇に、こんな記述がある。

本当のことを言うと、その頃まで私はユダヤ人であることをさほど気にかけていなかった。自分の意識の中でも、キリスト教徒の友人と接していても、私は自分の生まれを、奇妙だが無視していいものと考えていた。鼻が曲がっていたり、そばかすがあったりするという、笑って見逃がせるささいな違いだと思っていた。ユダヤ人とは、クリスマスになってもクリスマスツリーを飾らず、サラミソーセージを禁じられているのに無視して食べ、一三歳になってヘブライ語を少し覚えるが、やがて忘れてしまうものだった。

ユダヤ人であることを恥じる必要はないが、さりとてとくに誇りにすることもない、プリーモ・レーヴィはそう感じていた。彼は自分を、ユダヤ人である以上にイタリア人であると感じていただろうし、それ以上に、理性にのみ服従する「人間」の一員と考えていただろう。「人間」という普遍性の前では、「ユダヤ人」であることなど「そばかす」ほどの違いだと信じていたのである。

ところが大学に入学した翌年に人種法が布告されると、キリスト教徒の学友や教授はほとんど、プリーモ・レーヴィから遠ざかっていった。彼は学友や教授が自分に向ける視線に「不信と猜疑のひらめき」を感じるようになった。（「鉄」）

いわば反ユダヤ主義という「触媒」の引き起こす化学反応によって、プリーモ・レヴィという一人の若者がイタリア社会という有機体から「不純物」として析出されていったわけである。

車輪が回り、生命が増殖するためには、不純物が、不純なものの中の不純物が必要である。周知のように、それは耕地にも、もし肥沃であってほしいのなら、必要なのだ。不一致が、相違が、塩やからしの粒が必要なのだ。ファシズムはそれを必要とせずに、禁じている。だからおまえはファシストではないのだ。ファシズムはみなが同じであるように望んでいるが、おまえは同じではない。（「亜鉛」）

明晰な科学的思考を好み健康な肉体をもつこの若者は、かえって自分を「亜鉛の反応を促す不純物」に擬し、そのことを誇りにしようとしたのである。

非ユダヤ人の女子学生に淡い恋心を抱いたプリーモ・レーヴィは、ある企てを思いつく。客観的にみれば控えめなものにすぎないが、彼には「前例のない大胆な行為」に思えていた。その企てとは彼女と腕を組んで歩くことだった。ユダヤ人と非ユダヤ人の通婚が法律で禁止されるような時代には、それは確かに「大胆な行為」であるといえた。結局彼は、彼女を家に送っていく道すがら、長く躊躇した末、腕を組むことに成功したのだが、たったそれだけのことで、「暗闇や、虚無や、不意にやってきた敵意の時代と戦い、ささやかだが決定的な勝利を収めたような気がした」のである。（同前）

ファシストの人種隔離政策に押し流されまい、決して卑屈になるまいとする、知的な若者らしい心意気だった。

だが、いったん析出された「不純物」には、執拗な排除の圧力が加えられる。

プリーモ・レーヴィは卒業論文の指導教授を見つけるために絶望的な努力をしなければならなかった。「何人かは口をゆがめたり、尊大な口調で、人種法により禁じられていると答えた。他のものたちは曖昧でつじつまの合わない口実を述べ立てた」。（「カリウム」）

一九四一年に大学を卒業したが、職を得る見込みはなかった。卒業証書には「優雅な書体」で、こう書かれていた。「ユダヤ人種のプリーモ・レーヴィに評点一一〇点と賛辞付きで化学の学位を授与する」。それは「栄誉と嘲笑、赦免と断罪が入り混じった、両刃の剣のような書類」だった。結局彼は、ユダヤ人であることを隠すという条件で、ようやくある鉱山に採用されたのである。（「ニッケル」）

一九四三年七月にファシズム政府は自壊したが、その後、ムッソリーニの後を襲ったバドリオ政権も、反ユダヤ法を撤廃する措置を講じなかった。同年九月にドイツ軍が北イタリアを占領した時、そこには四万人のユダヤ人が残っていた。ナチス・ドイツは、以前はイタリアとの同盟関係を顧慮してイタリアにおける反ユダヤ措置の「柔軟性」に耐えていたのだが、今度は心おきなく自らが先頭に立って、イタリア・ユダヤ人の絶滅政策を推進していくことになった。析出され排除された「不純物」が、徹底的に除去される時が来たのである。

イタリア・ユダヤ人の絶滅収容所への強制移送は翌月からローマの千人を皮切りに始まった。十一月末になると「サロ共和国」の傀儡政権は全ユダヤ人の強制収容所移送と資産の国家接収を命令した。検束されたユダヤ人たちはモデナ近くのフォッソリ・ディ・カルピの中継収容所に集められ、ここから絶滅収容所に送り出された。

プリーモ・レーヴィは、まるでナチの強制移送が始まるのを待っていたかのように、四三年末にファシスト軍に捕らえられ、翌年一月末フォッソリに送られている。

そこで彼が見た数百人のユダヤ人たちは、「思慮のない行動や、密告によって、ファシストやナチに捕えられたものたちだった。自発的に投降したものも何人かいた。それは放浪生活に疲れたり、お金がなくなったり、捕えられた親戚から離れたくなかったり、ばかげたことには、『法秩序に従う』ためだったりした」。(『アウシュヴィッツは……』)

一九四四年二月二十一日の朝、翌日出発することがユダヤ人に知らされた。子供も、老人も、病人も、全員、一人の例外もなかった。命令は、二週間の旅行の準備をするように、点呼に一人欠けるごとに十人が射殺される、というだけで、行き先は誰にも知らされなかった。

そして夜がやって来た。一目見たらそれ以上生きていけないような夜だった。(中略)みなは自分に一番適った方法で人生に別れを告げた。あるものは祈り、あるものは大酒を飲み、またあるものは最後の忌むべき情熱に酔い痴れた。だが母親たちは眠りもせずに、旅行用の食べ物を心をこめて準備し、子供の体を洗い、トランクを詰めた。

(同前)

トリポリから長旅を重ねて来た一家があった。男たちは全員大工だった。家長の老人に妻、おおぜいの子供、孫、婿、嫁たちが従っていた。陽気で敬虔で、音楽と踊りを好み、アコーディオンとバイオリンを持っていた。

この一家の女たちは喪に服す時間を多く残そうとして、旅行の準備をだれよりも早く、静かに、てきぱきと始めた。そして丸パンを焼き、包みにひもをかけて準備を終えると、靴を脱ぎ、髪を解いて、床に葬送用のろうそくを数本すえ、先祖のしきたり通りに火をともし、哀悼を捧げるために床に輪になって坐り、一晩中祈り、涙を流した。私たちはその棟の扉の前に立ち止まって、人垣をつくった。すると土地のない民が大昔からなめてきた苦悩が、毎世紀繰り返される、絶望的な追放の旅の苦しみが、私たちの心にも新たに湧いてくるのだった。

(同前)

「トリポリ」というのはリビアのトリポリのことだろうか。ユダヤ人の強制移送はヨーロッパ域内でのみ行なわれたのではない。ナチス・ドイツの手の届いたあらゆる地域からユダヤ人たちが狩り集められたのだ。工業化の進んだ北イタリアのトリノに生まれ育ち、「人間」という普遍性の前では「ユダヤ人」であることなど「そばかす」ほどの違いだと信じていたプリーモ・レーヴィには、以前ならトリポリのユダヤ人一家は異邦人としか感じられなかっただろう。しかし、逆説的なことに、彼ら一家と共通の「ユダヤ人」という烙印を押され、共通の苦難に投げ込まれたことによって、プリーモ・レーヴィの心に、「土地のない民が大昔からなめてきた苦悩」、「絶望的な追放の旅の苦しみ」が湧き上がってきたのだ。つまり、このようにして、プリーモ・レーヴィは「ユダヤ人」というものになっていったのである。

翌日、六百五十人のイタリア・ユダヤ人が十二両の貨車に積み込まれた。貨車の小窓はすぐに閉められてしまったが、汽車は夕方まで発車しなかった。

これこそが、おののきながらも、いつも半信半疑で、幾度となく聞かされてきた、あの軍用列車だった。何から何までその通りだった。外から封印された貨車に、男、女、子供が、貨物のように情容赦なく詰め込まれ、無をめざして、地獄の底に旅をするのだ。だが、今回、中に入れられたのは私たちだった。

（同前）

プリーモ・レーヴィの貨車には四十五人が詰め込まれた。そのうち生還したのは四人のみ。それでも「最も運に恵まれた貨車」だったのである。

フォッソリからの強制移送は一九四四年八月二日まで続いた。それ以後は連合軍の夏季攻勢で前線が近づいたためこの収容所は撤収された。他の収容所から移送された少数の者を含め、最終的に七千五百人以上のユダヤ人がイタリアから移送された。終戦まで生き残ったのは、およそ八百人である。

＊移送者および生還者の数については研究者によって若干の違いがある。ここではヒルバーグ前掲書によった。

むこう側

一九四四年二月二十二日の夕刻、プリーモ・レーヴィたち六百五十人のユダヤ人を積んだ列車は北イタリアのフォッソリ・ディ・カルピを発車した。

私たちは目的地の名を聞いて胸をなでおろした。アウシュヴィッツだ。当時、私たちには、何の意味も持たない名だった。だが、この地上のどこかの地名であることは確かだった。

（『アウシュヴィッツは……』）

イタリアを出てから貨車の旅の間ずっと、プリーモ・レーヴィの一行は寒さと激しい渇きに苦しめられた。「水をくれ、せめて雪を一握りだけでも」と頼んでも聞き入れられなかった。

彼らを積んだ列車はザルツブルク、ウィーンといったオーストリアの都市を通過し、チェコを通過してポーランドに入った。

四日目の夕方になると、寒さがいちだんと厳しくなった。汽車は果てしなく続く黒い松林の中を走っていた。上り坂になっているのが感じられた。雪は深かった。駅は小さく、人影もほとんど見られなくなった。支線に入ったのが分かった。停車中に外の世界と連絡をとろうとするものはいなくなった。私たちはすでに、「むこう側」に入ったことを感じていた。汽車は開けた野原で長い間停車した後、ひどくゆっくりと走り出した。そして夜もふけたころ、暗く静かな平原の真ん中に完全に停車した。（同前）

そこが「アウシュヴィッツ」だった。

アウシュヴィッツは、ポーランド南西部、古都クラクフに近い小さな町である。本来の地名はオシフィエンチムというが、ナチス・ドイツが占領後、そのようにドイツ式に改称したのだ。この町にあった旧オーストリア陸軍の兵舎を改築して強制収容所にする命令は、一九四〇年四月に下された。この第一収容所は同年六月から囚人を収容したが、のちにここには周辺の収容所群を統括する基幹収容所が置かれた。

第二収容所は、第一収容所の北西三キロのブジェジンカという土地に一九四一年十月から建設された。四室の大規模なガス室と死体焼却炉を完備した絶滅収容所であった。ここはそのドイツ式地名からビルケナウ収容所とも呼ばれる。

一九四二年十月には、近郊のモノヴィッツという土地に第三収容所が建設された。これはドイツの巨大企業I《イー》・G《ゲー》・ファルベンの化学コンビナート建設に囚人労働力を供給することを目的とする強制労働収容所である。合成ゴムの成分であるブタジェンとナトリウムの頭文字をとって「ブナ」と通称されていた。

「アウシュヴィッツ」という言葉は今日では一般に、この町とその周辺地域に点在した四十五の強制収容所群の総称として用いられている。「アウシュヴィッツ」は囚人の収容、使役、絶滅、という、おのおの密接に関連する三つの異なった段階すべてに対応する巨大な収容所複合体であった。

アウシュヴィッツには最初にポーランド人政治犯、次いで大量のソ連軍捕虜が収容されたが、一九四二年七月にはヨーロッパ全域からのユダヤ人移送が始まり、終戦までにポーランドの三十万人をはじめオランダから六万人、フランスから六万九千人、ハンガリーから四十三万八千人など、多数のユダヤ人が送り込まれた。イタリアからの七千五百人は、この中では「少数派」であった。

アウシュヴィッツで虐殺された犠牲者の数は百十万ないし百五十万人と考えられている。その九十パーセントはユダヤ人であった。

一九四五年一月二十七日、アウシュヴィッツがソ連軍に解放されたとき、百万着以上の衣服、七トンの毛髪、数えきれないほどの靴や眼鏡が発見された。この時点で生き残っていた囚人は約六万五千人、その大半は撤退するナチによって「死の行進」に連行されていったため、解放された囚人は約七千人にすぎなかった。プリーモ・レーヴィは、この幸運な七千人の一人である。

アウシュヴィッツのほかに、トレブリンカ、ソビブル、ベウジェツ、ヘウムノ、マイダネクに絶滅収容所があった。これら絶滅収容所をはじめすべての強制収容所の犠牲者や東部戦線での大量射殺の犠牲者をあわせると、ユダヤ人犠牲者の総数は約六百万人にのぼるといわれる。犠牲者はユダヤ人以外にも、さまざまな国籍にわたる政治犯、戦争捕虜、「ジプシー」と呼ばれるシンティ・ロマ民族の人々、同性愛者をはじめナチスが「反社会的」とみなした人々、「エホバの証人」の信者、「労働忌避者」、心身障害者などに及んでいる。

ナチの反ユダヤ政策は、政権獲得当初の数年間はドイツ国内において、彼ら自身の定義による「アーリア人」から、これも彼らの定義による「ユダヤ人」を隔離し、その財産を奪って国外に追放することに向けられていた。だが、一九三九年九月、第二次大戦に突入しポーランドを占領すると、反ユダヤ政策の局面が大きく変わることになる。ドイツは占領下のポーランドを分割し、西部を併合するとともに南東部は保護領として「総督府」を置いたが、この「総督府」の領域内に何万人というユダヤ人を抑留した。

一九四〇年春にフランスが敗北した後は、当時フランス領だったマダガスカル島に何百万人というユダヤ人を追放する計画が検討されたが、イギリスが制海権を掌握していたため実現しなかった。

そこで実行されたのが、都市の中の閉ざされた狭い地域にユダヤ人を押し込める「ゲットー化」政策である。最初のゲットーが一九四〇年四月、ポーランド中部のウッジに設けられ十五万人が収容された。次いで、同年末までに、クラクフ、ルブリン、ワルシャワ、チェンストホヴァ、リヴォフなどポーランド各地の都市にゲットーが造られた。

ワルシャワでは一九四〇年十月十二日にゲットー設置を命ずる法令が発布された。ゲットーは十数キロにおよぶ壁によって外界から完全に隔離され、ユダヤ人と非ユダヤ人との接触は遮断された。ワルシャワ市全域の二・四パーセントしかない狭い地域に、市の全人口の三十パーセントにあたる四十万人以上のユダヤ人が閉じ込められたのである。

住居はすし詰め状態で、四人用の部屋に十人から十五人が暮らすのが普通だった。ゲットーに供給される食料は厳しく制限されたため、閉じ込められた人々は飢餓に苦しみ、劣悪な衛生状態とあいまって、発疹チフスなどの伝染病のためばたばたと死んでいった。死体は埋葬の手がまわらないまま、何日も道路に放置された。

一九四一年六月に独ソ戦が始まり、緒戦でドイツ軍がソ連領深く侵攻すると、占領地特別行動隊《アインザッツグルッペン》が派遣された。この部隊は占領地域でユダヤ人、共産党の活動家、「ジプシー」、知識人を処分するよう命令されており、ユダヤ人住民を狩り出して無差別に大量虐殺した。バルト三国からベラルーシ、ウクライナにいたる地域で、約百二十万人が虐殺されたといわれる。そのうち最もよく知られているのは、一九四一年九月二十九日および三十日、キエフ近郊のバービー・ヤールで三万三千人以上が虐殺された事件である。目撃したトラック運転手の証言がある。

そのユダヤ人たちが——大人も子供も——目的地に着いてからどうなったか、私はそれをこの目で見たのです。彼らはウクライナ人たちにそれぞれの場所に連れていかれ、そこで手荷物を置き、それから外套、靴、服、下着まで脱がされました。さらに持ってきた貴重品を指定された場所に置くように命じられました。（中略）彼らが谷の底まで降りると、防護警察の者が、すでに殺されているユダヤ人の死体の上にうつ伏せになるように命じました。何もかもがあっという間でした。死体は文字通り積み重なっていました。（中略）警察の狙撃者も来ていて、軽機関銃でユダヤ人の首の後ろを次々に撃っていきました。撃ち殺したユダヤ人の死体を踏みつけて、その隣に横たわっているユダヤ人のところに行き、それを撃ち殺していくのです。

（『ホロコースト全史』）

このように、隔離、追放、封じ込め、占領地での大虐殺という経過を経て、「ユダヤ人問題の最終的解決」と称する段階が訪れる。この史上類例のない民族絶滅作戦が、いつ、誰の権限で決定されたかについては研究者の間で議論のあるところだが、一九四一年のうちにはヒトラー自身の命令が下され、すでに同年末頃から実行に移されつつあったとする見解が現在では有力のようだ。

一九四二年一月二十日、ベルリン郊外のヴァンゼー湖畔で帝国保安本部長官ラインハルト・ハイドリヒの主宰する会議が開かれた。のちに「ヴァンゼー会議」と呼ばれることになるこの会議で、ハイドリヒは「最終的解決」の対象となるユダヤ人としてソ連領の五百万人を筆頭に三十一の国と地域にわたる約千百万人をあげ、出席者たちはその実施方策を討議したのである。ただし、労働能力のあるユダヤ人は労働配置につけること、その際「疑いなく大部分が自然の衰弱によって脱落するだろう」ということ、それでも「最後まで残る連中」は、「釈放すれば新しいユダヤ人再建の種となるとみられる」から「相応に扱う」ということがつけ加えられた。(『絶滅』)

SS(ナチス親衛隊)経済管理本部の本部長オズヴァルト・ポールは、一九四二年四月三十日の政令で強制収容所における労働をこう定義している。「最高度の生産状態を得るために、使役とは、語の原義において『消耗』(erschöpfend)させるようなものでなくてはならない」。同年九月十四日、法務大臣ティーラックがゲッベルスと会談した際、この「消耗」という言葉に注釈を加えて、「労働を通じての絶滅」(Vernichtung durch Arbeit) という表現を用いた。ヴァンゼー会議で書記を務めたアドルフ・アイヒマンの証言によると、会議で「問題解決のいろいろな型」、つまりいろいろな殺害方法が率直に討議され、参加者からは「心からの同意」以上のものが寄せられた。会議は一時間半以上にはわたらず、その後は飲物が出され、一同は昼食をとった。「快いささやかな社交的集り」だった。

アイヒマンにとってこの会議が忘れがたいものとなったについては、別の理由も一つあった。彼は最終的解決に協力するためにこれまで最善をつくして来たけれども、〈暴力によるこのような血なまぐさい解決〉についてのいくらかの疑念がまだ彼の心にひそんでいた。その疑念が今晴れたのだ。「今やこのヴァンゼー会議で当時の一番偉い人々が、第三帝国の法王たちが発言したのだ。」ヒットラーだけでなく、ハイトリッヒや〈スフィンクス〉ミュラーだけでなく、SSや党だけでなく、伝統を誇る国家官僚のエリットたちまでもがこの〈血なまぐさい〉問題において先頭に立とうと競い合っているのを、彼は今その目で見その耳で聞くことができたのだった。「あのとき私はピラトの味わったような気持を感じた。自分には全然罪はないと感じたからだ」。

(ハンナ・アーレント『イェルサレムのアイヒマン』)

「ピラト」というのは、いうまでもなく福音書に記述のある、イエス殺しの責任をユダヤ人に押しつけて自らの手を洗った、あのローマ帝国の総督のことである。エルサレムの法廷で、ユダヤ人たちを前に、自らをピラトに擬すアイヒマンの「ユーモアのセンス」は、まったくただごとではない。

「最終的解決」の方針決定を受けて、ウッジの北西に位置するヘウムノで、一九四一年末から最初の絶滅収容所が機能し始めた。ここで殺害に用いられたのは特別に設計された処刑用のトラックだった。犠牲者を追い込んで密閉した荷物室に排気ガスを送り込む仕組みになっていた。荷物室を閉めて室内が暗くなると「積載物」が光に向かって突進するため、ドアを閉めるのが困難になったり荷重が不均衡になるという問題があった。それを避けるため室内照明を点灯すること、電球が破損しないよう金網で覆うこと、「流動性の液体」や「嵩《かさ》のある汚物」の簡便な清掃のため、床の中央部に気密性のある排水装置を設けること、そこに傾斜した形の逆流防止装置をつけること等々の技術的工夫が、この処刑用トラックにほどこされた。閉じ込められた「積載物」がおよそ十五分ほどで息絶えると、トラックはそのまま森の中に作られた焼却炉まで死体を運ぶのだ。まさに効率性追求の極致といえる。

クロード・ランズマン監督の映画『ショアー』にシモン・スレブニクとモルデハイ・ポドフレブニクという人物が登場して証言しているが、彼らはおよそ四十万人が殺戮されたヘウムノでの、たった二人きりの生き残りなのである。

ベウジェツ、ソビブル、トレブリンカ、マイダネクの各絶滅収容所がヘウムノに続いた。これらの収容所にはガス室が設けられ、ソ連製大型車両エンジンの排気ガス、あるいはボンベ詰めの一酸化炭素やシアン化水素が使用された。

アウシュヴィッツでは、ガス殺はまず第一収容所の地下死体置場でソ連軍捕虜に対して試みられ、一九四二年の三月と六月にはビルケナウ収容所に隣接する二軒の農家を改造したガス室が配備された。ビルケナウにはさらに、ヨーロッパ各地から移送されてくる大量のユダヤ人を処理するため、同年七月から地下にガス室を備えた四基の大型死体焼却炉が建設され、翌年一月から稼働し始めた。ここでは固形のシアン化水素（チクロンB）を、密閉されたガス室の天井から投入する方法が用いられた。致死量は人体一キログラムあたり一ミリグラムであったという。

映画『ショアー』にも登場するアウシュヴィッツの生き残りフィリップ・ミュラーは、特別作業班《ゾンダーコマンドー》として死体処理作業に従事させられた。彼の証言によると、ガス室での殺戮の模様は次のようである。

チクロンBの最初の数錠がガス室の床で昇華すると、犠牲者たちは叫び始めた。急激に立ちのぼってくる毒ガスから逃れようと、強い者は弱い者を殴り倒し、まだ毒ガスが立ちこめていない空気を求めて生き長らえようと、倒れている者の上にのった。

十五分以内にガス室内の全員が死亡した。

約三十分後には扉が再び開かれた。遺体は塔のように積み重なっており、座ったままの状態の者や、中腰の者もあった。下の方には子供や老人の死体があった。遺体には緑色の斑点があり、肌はピンク色になっていた。口から泡を吹いている遺体や、鼻血を出している遺体もあった。排泄物と尿にまみれた遺体もあり、妊娠中の女性の中には、出産が始まっている場合もあった。

ユダヤ人の特別作業班が、ガスマスクをつけて、通り道を作るためにドア近くの遺体を引きずり出し、死者にホースで水をかけ、同時に遺体の間に残っている毒ガスを洗い流した。特別作業班は、それからやっと遺体を動かすのだった。

すべての収容所で、遺体の穴という穴が、貴重品が隠されていないか調べられ、死者の口から金歯が抜かれた。

アウシュヴィッツでは、女性の髪は死んだ後に切り取られた。それは塩化アンモニアで洗われて、梱包された。その後にやっと、遺体は焼却されたのである。(『絶滅』)

一九四二年夏以降、各地のゲットーから絶滅収容所への移送が始まった。ワルシャワ・ゲットーでは、この夏の間に三十万人以上が狩り集められ、貨車に積み込まれて百キロ離れたトレブリンカ絶滅収容所に送られた。

一九四三年四月十九日、すべての希望が失われた後に、ゲットー内のユダヤ人戦闘組織がわずかな武器を手に絶望的な反乱に起《た》った。生きるためでなく、せめてもの尊厳を主張して死ぬための蜂起である。一時はドイツ軍を慌てさせたこの蜂起は、およそ一ヵ月後の五月十六日に最終的に鎮圧された。鎮圧部隊司令官のユルゲン・シュトロープSS少将は、五万六千人余りのユダヤ人を捕らえ、うち約七千人は「殲滅《せんめつ》」、七千人はトレブリンカへ送って「処理」、これ以外に五、六千人が爆破または火災で死亡、一万五千人をルブリン収容所に、その他は各地の強制労働収容所に送ったと報告している。これに対して、ドイツ人とその協力者の損失は死者わずか十六人、負傷者八十五人だった。

蜂起鎮圧後、ゲットー全体が完全に破壊され、防空壕や地下室、下水管もすべて埋められた。第二次大戦の終了までにナチス・ドイツの手の及ぶ限りすべての地域でユダヤ人社会が破壊され、その破壊の記憶までも抹殺された。約九百万人いたヨーロッパ・ユダヤ人の三分の二が殺され、ポーランド、リトアニア、ラトビア、チェコスロバキアではユダヤ人住民の九割が殺されたのである。

特定の人間集団に対するこの特異で徹底的な絶滅政策は今日、「ホロコースト」（holocaust）と呼ばれることが多い。その語源は、旧約聖書に記述のある「焼いて神前に捧げられるいけにえ」を意味するヘブライ語であるという。また、近年では「大破壊、破滅」を意味するヘブライ語「ショアー」（Shoah）が用いられることも多い。ただし、ウィーン生まれで、ダッハウとブーヘンヴァルトの強制収容所に投獄された経験をもつ精神分析学者ブルーノ・ベテルハイムは、「ホロコースト」という呼称に異論を唱えている。古代の宗教的儀式を連想させる呼称を用いることは、ナチの犠牲者たちを「殉教者」とみなし、彼らの死を美化することにつながるというのである。

彼らが自分の信仰を捨てても、誰一人として死をまぬがれることなどできなかったであろう。キリスト教に改宗した者も、無神論者であった者たちや、深く宗教的であったユダヤ人たちと同様にガス室に送られたのである。彼らは何らかの信仰のために死んだのではないし、自ら選んで死んだのでは絶対にない。

（『生き残ること』）


このように、「ユダヤ人問題の最終的解決」と称する大虐殺は、プリーモ・レーヴィが移送される二年も前から、整然と、徹底的に遂行されていたのである。アウシュヴィッツは、その中枢だった。この謎めいた地名こそ、フランスからウクライナ、ノルウェーからギリシャ、果ては北アフリカにいたるまで、ナチス・ドイツの手の届くところすべてのユダヤ人を引きずり込んだ蟻地獄の別名だった。

オーストリアのウィーンから移送されてきたヴィクトール・フランクルにとって「アウシュヴィッツ」は、「はっきりとはわからないけれども、しかしそれだけに恐ろしいガスかまど、火葬場、集団殺害などの観念の総体」だった。だからこそ彼は、列車が停車した場所がアウシュヴィッツだとわかった瞬間、「心臓が停まるのを感じた」のだ。（『夜と霧』）

それなのに、プリーモ・レーヴィや、同じ移送列車に詰め込まれたイタリア・ユダヤ人たちは、この耳慣れぬ土地の名を聞いて「胸をなでおろした」というのである。

同じ一九四四年の春、ハンガリーから送られてきたエリ・ヴィーゼルにとっても、アウシュヴィッツは特別な地名ではなかった。自分たちの貨車が着いたときアウシュヴィッツの名を聞いたことのある者は一人もいなかった、そこは条件のよい労働キャンプだという噂が流れて、「幾夜かのあらゆる恐怖からたちまち解放された」と彼は回想している。(『夜』)

レーヴィやヴィーゼルが特別に呑気だったわけではない。イタリア、ハンガリーともにドイツの同盟国であったため、ナチス・ドイツとしても形式的にであれ両国政府の主権を尊重せざるをえなかった。そのためにかえってこの両国では、ユダヤ人に「最終的解決」の手が及ぶのが遅れる結果になったのである。ユダヤ人移送が実行に移されたのはイタリアでは前述したように一九四四年二月から、ハンガリーでは同年四月からであった。

プリーモ・レーヴィたちを積んだ貨車は、ついに目的地に到着した。「アウシュヴィッツ」という耳慣れない地名の土地は、まさしく「むこう側」だった。

解放は不意にやって来た。大きな音をたてて扉が開き、夜の闇に外国語の命令が響いた。ドイツ人が命令する時のあの野蛮な叫び声で、何世紀にも及ぶ昔からの恨みを吐き出しているように聞こえた。すると目の前に投光器に照らし出されて、広いプラットフォームが浮かび出、その少しむこうにトラックの列が見えた。(中略)

すべてがしんと静まりかえっていて、水族館の中や、夢に見る光景のようだった。

(『アウシュヴィッツは……』)

到着後わずか十分足らずのうちに「選別」が行なわれ、頑丈な男たちはひとつのグループに集められた。プリーモ・レーヴィは三十人ほどの仲間とトラックにのせられた。「労働可能」とみなされた彼は強制労働収容所に入るという「特権」を得たのだ。すぐには殺されないという特権、即座の抹殺ではなく、「労働を通じての絶滅」の対象に分類されるという特権である。

残りの女や子供や老人に何が起こったのか、その時もその後も確かめることはできなかった。夜が彼らを、そっけなく、あっさりと、呑みこんでしまったのだ。

(同前)

レーヴィとともにアウシュヴィッツに到着したユダヤ人のうち、モノヴィッツとビルケナウの収容所に入ったのは、九十六人の男と二十九人の女だけであった。残りの五百人以上は全員、ただちに抹殺されたのである。

ブナ

プリーモ・レーヴィたちを積んだトラックは二十分ほど走って、とある収容所に着いた。その正門にも、のちにナチ流のシニカルなユーモアの代表例として世界に知られることになる、あの標語が掲げられていた。

ARBEIT MACHT FREI（労働は自由をもたらす）

彼らはトラックから降ろされ、がらんとした大部屋に押し込まれた。そこには水道の蛇口があった。四日間も水を飲んでいなかったため、彼らは狂わんばかりの渇きに苦しんでいた。だが、蛇口の上には貼り紙があり、「汚水につき飲用を禁ず」と書かれているではないか。

私は水を飲み、仲間にもそうするように促す。だが水は生ぬるく、甘く、どぶ臭くて、吐き出さねばならなかった。

これは地獄だ。我々の時代には、地獄とはこうなのだ。がらんとした大部屋に、疲れきったまま立たせ、水のしたたる蛇口をすえつけておくが、その水は飲めず、何かきっと恐ろしいことが起こるはずなのだが、いっこうに何も起こらず、しかも何も起こらない状態がずっと続くのだ。

（『アウシュヴィッツは……』）


不意に彼らは、服を脱ぎ靴も脱ぐように命じられる。手荒に髪を刈られ、髭を剃られる。素裸でシャワー室に追い込まれるが、いつまでもお湯は出ない。寒くてたまらないのに足は床に浅く溜まった水に漬かっており、座ることもできない。そのまま何時間も放置される。

「女たちはどうなったのだろう?」「これからどうなるのか?」……

裸のまま私語を交わしているとSSの大佐が入ってきて言う。

「静かにせよ。ここはラビの学校ではないのだから」

「ラビ」とはユダヤ教の聖職者のことだ。ユダヤ人を侮辱する「ナチ流のユーモア」である。そのまま朝を迎えて、ようやく五分間だけシャワーを浴びると、縞模様の囚人服と木靴を投げ与えられて容赦なくバラックに追い立てられる。そこでやっと服を着るのを許される。

一瞬のうちに、未来さえも見通せそうな直観の力で、現実があらわになった。私たちは地獄の底に落ちたのだ。これより下にはもう行けない。これよりみじめな状態は存在しない。考えられないのだ。自分のものはもう何一つない。服や靴は奪われ、髪は刈られてしまった。話しかけても聞いてくれないし、耳を傾けても、私たちの言葉が分からないだろう。名前も取り上げられてしまうはずだ。（同前）

名前の剥奪は、人間から人格の証《あかし》を奪い去り、人間を「もの」に突き落とすための必須の手続きである。支配者はつねにそのことを熟知している。ナチス・ドイツだけの知恵ではない。現在でも日本と韓国をはじめ多くの国々の刑務所で、受刑者を名前ではなく受刑者番号のみで呼ぶことが普通に行なわれている。

戦時期の日本は労働力不足を補うため朝鮮半島から七十万人以上の朝鮮人青年を連行し鉱山や軍需工場で危険かつ苛酷な強制労働につかせたが、たとえば日立鉱山では、「（朝鮮人が）到着すると同時に呼び難い半島式姓名を内地式に変え、（中略）一郎から十郎までを以って一つの班組織を形成せしむるように」されていたのである（『朝鮮人強制連行の記録』）。

プリーモ・レーヴィたち新参の囚人は一列に並んで、左腕に名前の代わりの番号を入れ墨された。「これこそが正真正銘の通過儀礼だった」。なぜなら、番号を見せなければ、パンとスープがもらえないからだ。

レーヴィの腕に刻印された番号は174517である。

「囚人番号には、ヨーロッパのユダヤ人の抹殺過程が要約されている」。３００００から８００００までの囚人は、ポーランドのゲットーの数少ない生き残り、１１６０００から１１７０００はギリシャのサロニカ出身者、という具合に。イタリア・ユダヤ人は１７４０００番台である。

彼らが放り込まれたところはモノヴィッツのアウシュヴィッツ第三収容所だった。囚人は全員、「ブナ」で働かされているため、収容所そのものもブナと通称されていた。

ブナは一つの町のように大きい。管理人やドイツ人の技術者以外に、四万人の外国人が働いており、十五から二十の言語が使われている。外国人はすべてブナを取り巻く種々のラーゲルに住んでいる。イギリス人の戦時捕虜のラーゲル、ウクライナの女たちのラーゲル、フランスの志願兵のラーゲル。その外に私たちの知らないラーゲルがいくつもある。私たちのラーゲルは、単独で、一万二千人の労働者を提供しており、国籍もヨーロッパの全域に及んでいる。そして私たちは、あらゆるものに服従せねばならない奴隷中の奴隷であり、名前も、腕に入れ墨され、胸に縫いつけてある番号でしか呼ばれないのだ。

（『アウシュヴィッツは……』）

「ブナ」とはＩ・Ｇ・ファルベン社が建設していた巨大化学コンビナートの別名である。一般にI・G・ファルベンと呼ばれているのは、正式にはインテレッセンゲマインシャフト・ファルベンインドゥストリー・アクツィエンゲゼルシャフト（染料企業カルテル）という当時のドイツ最大の化学工業コンツェルンであった。今日のBASF、AGFA、バイエル、ヘキストといった有名企業は同コンツェルンの後継会社である。

ブナの巨大な施設がアウシュヴィッツ地区に拠を定めたのは決して偶然ではなかった。これは奴隷経済への逆行であると同時に、計画的かつ賢明な経済政策でもあったのだ。もちろん大工場と奴隷収容所の共存が好都合だったからだ。

（「若者たちに」同前）

一九四〇年十一月、I・G・ファルベン社とナチス・ドイツ経済省とは、合成ゴム工場の建設を急ぐ点で一致した。その有力な候補地はアウシュヴィッツだった。水、石炭、石灰に恵まれており、交通の便も良かったからである。問題は労働力の欠如にあったが、これは親衛隊との交渉によって強制収容所の囚人労働力を「活用」することで解決されることになった。

この建設プロジェクトの提案を受けた際、親衛隊長官ヒムラーは即座に一万人の囚人提供を申し出た。熟練工日給四ライヒスマルク、非熟練工日給三ライヒスマルクの賃金が親衛隊の口座に払い込まれた。

囚人たちは毎朝点呼ののち、収容所から隊列を組んで作業現場へ出役した。現場ではいくつもの労働部隊（コマンドー）に分かれ、カポー（囚人頭）の監督の下、親衛隊流の殺人的なテンポで重労働に追い立てられた。働けなくなった者は「選別」されガス室送りになった。「怠業」や「職務放棄」は食事抜き、鞭打ち、あるいは絞首刑によって罰せられた。しばしば、I・G・ファルベンの職員が囚人へのそうした懲罰を親衛隊に書類で申請したのである。（『ナチスに権利を剝奪された人びと』）

ブナの日常をプリーモ・レーヴィは簡潔な言葉で表現している。それは「自分以外の全員に対する消耗戦」である。囚人たちはそこで、「人間が生まれながら平等だという神話がいかにむなしいものか」を叩き込まれる。

囚人たちは常に半飢餓状態に置かれ続けている。食事はパンと水っぽいスープだけだ。そのパンすらも、油断するとしょっちゅう盗まれたり巻き上げられたりするのである。プリーモ・レーヴィは収容所に入って二週間で、「四肢全体に巣食い、夜は果てしない夢の源になる、自由な人間には分からない慢性的な空腹」に苦しめられるようになった。「私たちは飢えそのもの、生ける飢えなのだ」。（『アウシュヴィッツは……』）

まだ十五歳の少年だったエリ・ヴィーゼルも、プリーモ・レーヴィと同じ時期にブナの地獄を経験している。ある日、作業監督が彼の歯の金冠に気づいて、それをよこせと要求した。彼が拒絶すると、監督はそれから二週間、行進のたびに、うまく歩調がとれないという理由をつけてヴィーゼルの老いた父を殴打し続けた。ついにヴィーゼルは屈服し、彼の金冠は便所で、錆びたスプーンを使って引き剥がされた。その上、彼は、監督を二週間待たせた罰として、自分の金冠を剥がした歯医者にパン一食分の謝礼を払わなければならなかったのだ。(『夜』)

ある日、作業中に足を負傷したプリーモ・レーヴィは、幸運にもカー・ベーすなわち診療棟に入ることを許される。病院なみの治療を受けられるわけではないが、少なくともしばらくの間は作業を免除されるのだ。もっとも、治癒する見込みのない者は選別されてガス室へ送られるのだが。

しかし、作業免除の日々は、強制労働とは別の苦悩を囚人にもたらす。重労働に追い立てられているときは、何かを考える暇などない。あまりの苦しさに家のことなど思い出しもしない。だが……。

このカー・ベーに入って、ののしり声と殴打から一時的に解放されると、私たちは自分の内側に入りこんで、ものを考えてしまう。すると、もう戻れないことがはっきりする。私たちは封印された貨車でここまで連れてこられた。そして女たちや子供たちが無にむかって旅立っていったのを見た。そして自分たちは奴隷にされ、何百回となく無言の労働へと行進を繰り返した。だが、無名の死がやって来る前に、もう心は死んでいるのだ。私たちはもう帰れない。ここから外へ出られるものはだれ一人としていない。なぜなら一人でも外へ出たら、人間が魂を持っているにもかかわらず、アウシュヴィッツでは、少しも人間らしい振る舞いができなかったという、ひどく悪い知らせが、肉に刻印された入れ墨とともに、外の世界に持ち出されてしまうからだ。

（『アウシュヴィッツは……』）

ブナを生き延びる可能性があるのは次のような者に限られた。医師、仕立て屋、靴直し、楽士、コックなどの有用な技能を持つ者、収容所当局者に何らかのコネのある者、権力者にとり入る能力や同胞に対して残酷さを発揮する能力によってカポーや棟長《ブロックエルテスター》などの任務を与えられた者、特別な「狡猾さと行動力」に恵まれ、物質的優位と名声のほかに、収容所の権力者に認められ「お目こぼし」を得た者などである。

収容所の職員は「名士《プロミネンツ》」と呼ばれていた。カポーから看護人、掃除人、便所係にいたるまで、収容所当局から何らかの職責を与えられて「名士」になった者には生き残るチャンスが増える。ユダヤ人が名士の地位を獲得する場合もある。しかし、プリーモ・レーヴィによれば、彼らは「ドイツのラーゲル体制が生み出した典型的な産物」である。「他のものたちは人種的に優越〔強調原著者〕しているおかげで、収容所に入る時、自動的に任務を与えられるのに、ユダヤ人は地位を得るため、陰謀をめぐらし、激しく闘わなければならない」。ユダヤ人名士は、ほかならぬユダヤ人の囚人に対する「残忍な暴君」になる。「なぜなら十分すぎるほど残忍にならなかったら、もっと適任とみなされたものが、自分の地位を奪うことが分かっているからだ」。

無能さや不運ゆえに生存競争に敗れ、重労働、栄養失調、身体や精神の病気などのために衰弱して生き抜く力を失った者のことを、囚人たちは隠語で「回教徒《ムーゼルマン》」と呼びならわしていた。

打ち負かされるのは一番簡単なことだ。与えられる命令をすべて実行し、配給だけを食べ、収容所の規則、労働規律を守るだけでいい。経験の示すところでは、こうすると、良い場合でも三カ月以上はもたない。ガス室行きの回教徒はみな同じ歴史を持っている。いや、もっと正確に言えば、歴史がないのだ。川が海に注ぐように、彼らは坂を下まで自然にころげ落ちる。（同前）

I・G・ファルベンはたんなる企業ではなく、「官僚帝国であり、ユダヤ人絶滅機構における主要ファクター」であった。ブナの囚人たちは、文字どおり死ぬまで働かされた。総計で約三万五千人の囚人がブナに送り込まれたが、少なくともそのうち二万五千人が死んだ。そこでの平均余命は三ないし四ヵ月、戸外の炭鉱作業ではわずか一ヵ月だった（『絶滅』）。まさしく、「労働を通じての絶滅」であった。

ちなみに、ガス室での殺戮に用いるチクロンBを製造したのも、I・G・ファルベンの子会社であった。

強制収容所の囚人労働力を搾取したのはI・G・ファルベンだけではない。フリック、BMW、ジーメンス、メッサーシュミット、ダイムラー・ベンツ、クルップなど、ドイツの著名な大企業が「現代の奴隷主」となり、囚人の労働力ばかりかその生命までも平然と絞り取った。この決定は、ナチの官僚ではなく、企業が自らのイニシアティヴで行なったのである。

終戦後、ニュルンベルク裁判において、I・G・ファルベンの経営陣も戦争犯罪人として告発された。「現代の奴隷使用人」たちは総勢六十人の弁護士に守られて、「悪意のない企業人」として法廷に姿を現わした。百五十二日間にわたる審理の後、法廷は、アウシュヴィッツはI・G・ファルベンが融資し所有した収容所であり、同社がそこで労働者を使用したことは「人道に対する罪」だったと有罪判決を下した。しかし十三人の被告の量刑は懲役一年半から八年にすぎず、原告団長はこの判決に憤慨して、「鶏泥棒でも喜ぶほどに軽い」と評した。

(『ナチスに権利を剥奪された人びと』)

その上、一九五一年一月には減刑が公表され、有罪判決を受けた企業家の全員が釈放された。I・G・ファルベンの元重役の一人は出所したとき、「今やアメリカ人は朝鮮の問題で手一杯なので、ずっと親切になったのだ」と述べた。(『絶滅』)

「朝鮮の問題」とは朝鮮戦争、ひいては冷戦と東西対決を指している。アメリカは対ソ戦略の必要上、西ドイツの経済復興を優先し、戦争犯罪人である企業家を釈放したのである。

戦後、西ドイツではナチの犯罪に加担した容疑で九万一千人が調査を受け、六千四百七十九人が有罪判決を受けた。だが、敗戦からわずか十年後の一九五五年には、刑務所で服役している者の数は四百人以下になっていた。経済界の指導者たちも、ほとんどがもとの地位に復帰した。ナチに協力した公務員も、退職すると年金を全額支給された。ナチ時代の裁判官が、そのまま職に就いていた。第三帝国内務省の高級官僚ハンス・グロプケは、一九五三年、西ドイツのアデナウアー政権の次官になった。グロプケはかつて「アーリア化」政策に従事し、帝国内のユダヤ人全員に男は「イスラエル」、女は「サラ」というミドルネームをつけさせた人物である。

一九五三年、長く激しい議論の末に、西ドイツ政府はユダヤ人殺害に関するドイツ国民の関与を認めた。同年制定された連邦補償法は、「迫害に起因する生命の喪失」「肉体と健康の損傷」「自由の喪失」「財産の喪失」などに対する補償を規定している。しかし、法律はたんなる「苦痛や無念」については補償の規定がなく、また、強制労働に対する補償も認めていない。したがって公的機関に労働を強いられた人々は、補償を受けられなかった。ただし、I・G・ファルベンなど民間企業に割り当てられ労働を強いられた人々は、これらの法人を訴えることができた。そのため、訴訟の波の広がりをおそれた企業側がユダヤ人側と和解し、いちおう「人道的」立場からの補償を行なっている。しかし、依然として、強制労働について法的に賠

償義務があるとは認めていない。（同前）

いうまでもないことだが、「ブナ」はドイツだけのものではない。いくつかの日本企業もまた前述のドイツ企業と同様の犯罪を犯し、しかも、被害者への補償にはまったく応じていないという現実がある。

花岡は、人間地獄でした。鹿島組は、中国人を奴隷のように見做し、雨が降ろうが、雪が降ろうが、正月であろうが、祝日であろうが、構わず働かせました。（中略）私たちは、冬でも国を離れたときの単衣のままで、セメント袋を体に巻きつけて厳しい寒さを凌いでいましたが、それが補導員に見つかると、セメント袋を取れと命令されるだけでなく、骨を刺すような厳寒の中、罰として、着ている単衣まで脱ぐように命じられたのでした。ある難友は、寒さに飢えが加わり、意識不明になって昏倒しました。（中略）過重な肉体の酷使とひどい生活条件、非人道的な処遇、補導員による肉体および精神上の虐待、圧迫、しごき、等々が相俟って、わずか一年あまりの間に四一八人の同胞が、恨みを飲んでこの世を去ることを強いられたのです。

（『隣国からの告発』）

アジア太平洋戦争の末期、秋田県大館市花岡の工事現場に強制連行された九百十八人の中国人のうち約半数が、このようにして命を落とした。中国人たちは虐待に耐えきれず決起したが、捕まって、激しい拷問を受け、百人以上が殺された。ここに引いたのは、鹿島建設を相手取った損害賠償請求訴訟の原告のひとり王敏《ワン・ミン》の証言である。こころみに、この証言の「花岡」「鹿島組」「中国人」を、「ブナ」「I・G・ファルベン」「ユダヤ人」と置き換えて読んでみれば、両者の類似性が、はっきりと浮かび上がるだろう。しかし、鹿島建設は彼らの補償要求を受け容れず、東京地裁もまた事実調べにも入らないまま原告の請求を棄却した。

ことは鹿島建設に限らない。朝鮮半島から連行された数十万の朝鮮人も日本全国の炭鉱、鉱山、軍需工場、土木工事現場で苛酷な労働を強制され、非人道的な虐待をうけた。現在、日本鋼管、三菱重工広島、三菱造船長崎、不二越、新日鉄、西松建設などが、朝鮮人あるいは中国人から補償や未払い賃金の支払いなどの請求を受けている。このうち新日鉄については、一九九七年に、日本鋼管は九九年になって和解が成立したが、その他は依然として要求を拒否している。

日本企業が戦争中に日本政府・軍部と結託して、国内はもちろん朝鮮、「満州」、中国、その他アジア・太平洋の各地で行なった搾取と虐待の全体像から見れば、いうまでもなく現在問題となっているのは氷山の一角に過ぎないのである。

＊日本企業に対する民事訴訟に関する記述は本書旧版刊行時点のもの。

霧の朝

一九九六年一月二日の朝があけた。私はトリノ駅前の古いホテルにいる。ベッドを出てカーテンの隙間から覗いてみると、外は濃い霧である。窓を開け冷気の中に頭を突き出すと、眼下に駅前のターミナルを見下ろせた。白い霧の底で路面電車やタクシーがせわしく発着している。こんな日にも、日常は続いているのだ。

きょうは、プリーモ・レーヴィの葬られている墓地に出かける予定である。だが、眠りからは醒めているのに全身が鉛のように重く、なかなか出かける踏ん切りがつかなかった。

私がプリーモ・レーヴィの『アウシュヴィッツは終わらない』を初めて読んだのは日本語訳の初版が出てすぐだったから、一九八〇年の春のことになる。まだ三十歳になっていなかった。

アウシュヴィッツの生還者の作品ではそれまでにも、たとえばフランクルの『夜と霧』は読んでいた。エリ・ヴィーゼルの『夜』も一九六七年に日本語訳が出てまもなく読んだ記憶がある。だが、私にとってプリーモ・レーヴィの印象は特別なものなのである。思えば初めて読んでから十五年以上も、こだわり続けて来たことになる。そして、とうとう彼の墓を訪ねてトリノまで来てしまった。

一九八〇年の春、私の兄二人は韓国で九年目の獄中生活を過ごしていた。そして私はといえば、京都市内の病院で毎日、母が刻々と死にゆくのをなすところなく見つめていた。

私たち兄弟はみな日本の京都に生まれた在日朝鮮人二世だが、兄たちはそれぞれ一九六七年と六九年とに韓国に「母国留学」していた。植民地支配のためにあらかじめ奪われた自分たちの言語や文化を取り戻し、祖国の人々との断たれた絆を回復しようとする試みであった。

兄のひとり徐勝《ソ・スン》はソウル大学の大学院で社会学を、もうひとりの兄徐俊植《ソ・ジュンシク》は同じソウル大学の法学部で法律を学んでいたのだが、憲法を改定してまで三選を目指した朴正熙《パク・チョンヒ》大統領と、これを阻止しようとする野党候補、金大中《キム・デジュン》とが争った一九七一年の大統領選挙直前に、「学園に浸透して朴三選阻止運動を背後操縦した『北』のスパイ」であるとして検挙された。

事件のセンセーショナルな発表は、たしかに、昂揚しつつあった学生運動に冷水を浴びせる効果を発揮した。徐勝は顔面と上半身に瀕死の大火傷を負い、包帯だらけの無残な姿で法廷に現われた。陸軍保安司令部での取調中に友人たちの名前をいえと拷問を受け、拷問に屈して学生運動に打撃を与える結果を招くことを避けるため、すきをみて焼身自殺をはかったのである。

かたちばかりの裁判の結果、徐勝には無期懲役、徐俊植には懲役七年が宣告された。

選挙に辛勝して三たび大統領となった朴正熙は、翌年、戒厳令を発布して憲法を改悪、事実上の永久執権を意味する独裁体制をうち立て、これを自ら「維新体制」と称した。野党政治家、知識人、学生などは容赦ない弾圧にさらされた。金大中は一九七三年八月、来日中に東京のホテルから韓国の秘密警察によって誘拐され、危うく暗殺だけは免れたものの、韓国国内に連行され長期間軟禁されることになった。

一九七三年から七四年にかけて、獄中の非転向政治犯に対して思想転向を強要する系統的かつ大規模なテロルが加えられた。私の兄たちも非転向であったので、当然、このテロルの標的にされた。徐俊植の証言を以下に引く。

> 具体的に転向強要をうけたのは、原告（徐俊植）が一九七三年夏、大田《テジョン》矯導所（刑務所――引用者）に服役中、左翼囚専担（専門担当――引用者）教化官と教誨師の制度が出来てからであり、当時、凶悪犯二、三名がいる監房に左翼囚一名ずつを入れ、針で突き刺したり殴打しつつ思想転向を要求するのを目撃した。その年九月に光州《クアンジュ》矯導所に移監されたが、移監後の十一月初旬、非転向者に対し、面会、運動、図書閲読、治療、書信発送、領置金使用等を無制限に禁止するとの通告がなされ、同時に、一名ずつ入るようになっている一坪ほ

どの監房に、八名ないし十二名を収容し、「舎房清掃夫」の名目で体軀頑健な強盗殺人窃盗常習犯各一、二名を配置し、これらに監房の鍵、棍棒、手錠、捕縄を預け、さまざまな理由を挙げて殴打を加え、寒い冬の日に空房に一人ずつ連行して服を脱がせ、冷水を浴びせて殴打し、水拷問を加えるなどの苛酷行為を二ヵ月間継続して行った。この時、原告も拷問をうけ、巡視時に（法務部の矯正官が各矯導所を巡る）そのことを訴えたが無駄であった。こうして、この時六十四名中三十九名が転向し、二名が半身不随となった事実を目撃した。七五、七六年に二名が死亡した。（一九八三年三月五日の「陳述」。『長くきびしい道のり』から）

彼はこの時、水をかけられ厳寒の戸外に長時間放置する、ヤカン四杯もの水を無理やり飲ませ膨れ上がった腹を踏みつけるなどの拷問を受けたため、苦痛と絶望のためガラス片で手首を切って自殺を図った。気を失っているうちに、寒さのため無意識に両腕が縮こまって出血が止まり、あやうく一命をとりとめたのである。

ここにいう「舎房清掃夫」は、まさしくブナのカポーにあたるだろう。ナチは囚人を暴力によって統制するため、札付きの凶悪犯を手先として活用した。アウシュヴィッツ収容所が建設されたとき最初にドイツ人刑事犯三十人が送り込まれたのは、こうした目的のためだった。囚人番号一番のブルノ・ブロドニェヴィチは「牢名主」的存在だった。彼らは、最悪のカポーとして収容所当局が期待したとおりの残忍さを発揮したのである。

韓国における獄中テロルの波は、その後も繰り返し政治犯たちを襲った。政治犯たちのほとんど唯一の抵抗手段は生命をかけたハンガーストライキだったが、これに対しても、胃にむりやりホースを突っ込んで非常に塩辛い水や煮えたぎる粥を無理やり注ぎこむといった虐待が加えられ、そのために政治犯が死に至ることもあった。

一九七五年には、社会安全法という法律が発布された。この法律によると、当局は「再犯の顕著な危険性」があると見なした政治犯、すなわち非転向の政治犯を、たとえ刑期が満了した後であっても、保安処分の名目で拘禁し続けることができるのである。しかも、拘禁期限は二年間だが無制限に更新することができ、実際は裁判なき終身刑を意味していた。ナチは政権奪取直後に共産党員、社会民主党員などの政敵を「保護拘禁」と称して裁判なしで拘束し、ダッハウなどに建設した強制収容所に放り込んだ。それがナチス・ドイツにおける強制収容所制度の始まりであった。韓国の社会安全法はこのようなナチの理論と手口、そして日本の治安維持法の予防拘禁制度に学んで作られたものである。

一九七八年五月、徐俊植は懲役七年を満了したが、非転向であったためこの社会安全法の適用を受け、釈放されないまま清州《チョンジュ》保安監護所という非転向政治犯のための専用収容所に送られた。その前年に子宮ガンの最初の手術を受けていた母は、刑期満了の日、彼の出所を出迎えにおもむいたが、残酷な肩すかしを味わう結果になった。徐勝の方はもともと無期懲役だったので、転向を表明しない限り釈放される見込みはまったくなかった。

それからも母は、はるばる日本から韓国の監獄へ兄たちとの面会と差し入れに通い続けたが、翌七九年末にガンが再発、担当医師は私に「余命半年」と告げた。折しも、独裁者朴正熙が側近に暗殺され、一九八〇年が明けると、韓国では長年待ちかねた「ソウルの春」の到来が言い交わされるようになっていた。社会安全法をはじめとする反民主的な悪法の廃止を要求する声も少しずつ高まっていた。病床で死を待つ母に希望を与えたいため、つとめて楽観的な見通しを語るうちに、もともと何ごとにつけ悲観的に見る性向の私自身にも、いつしか、かすかな期待が芽生えていた。だが、クーデターで実権を握った全《チョン》斗煥《ドゥファン》が民主化運動を無慈悲に弾圧し、私たちの愚かな期待を打ち砕いたのである。母の死の一週間後、一九八〇年五月二十七日、戒厳軍が光州市に投入され市民多数を虐殺した。

私は無力だった。自由と正義を求めて苦闘している祖国の同胞たちにとっても、獄中の兄たちにとっても、死につつある母にとっても、まったくの無力としかいいようのない存在だった。振り返ってみれば、私が『アウシュヴィッツは終わらない』を読んでいたのは、ちょうどこの時期のことだ。病室で母に付き添う時、退屈を紛らわすためさまざまな本を読んだのだが、この本もその中の一冊だった。プリーモ・レーヴィが証言する逆ユートピアを心に描き、夜半の暗い病室で苦しげな母の寝息を聞きながら、私は心の中で何回となく同じ問いを繰り返していた。

人間に、なぜ、これほどの残酷が可能なのだろう?

人間は、なぜ、そして、いかに、これほどの残酷に耐えて生きのびるのだろう？

もちろん強制労働の有無という点で、韓国の政治犯監獄はブナとは大きく異なっている。それでも、獄中から届く手紙や面会者から漏れ伝わる消息を手がかりに私が想念の中で再構成していた韓国の政治犯監獄は、「人間が生まれながら平等だという神話がいかにむなしいものか」を徹底的に叩き込まれるという点ではブナと大同小異であった。酷暑と厳寒の監房、ならず者の暴虐、繰り返される拷問、絶望的な抵抗、相次ぐ自殺、それらの詳細を、これ以上ここに記すことはしないでおこう。（徐勝『獄中一九年』、徐俊植『全獄中書簡』）

いうまでもなく、ナチスの絶滅収容所と韓国の政治犯監獄を同一視すべきではない。前者は一日に何千人という人間を運び込み、選別し、虐殺し、焼却する、精巧なシステムだった。それはそれまでの人類史におけるどんな凶行や虐殺とも歴然と異なるものだ。他方、後者は囚人の「労働を通じての絶滅」ではなく、「転向」すなわち思想的・精神的な屈伏を目的とするものである。

「アウシュヴィッツ」は比較不可能な「唯一無比」の出来事だという人たちがいるが、私の考えはすこし違う。「アウシュヴィッツ」は「比較可能」な出来事である。比較した上で導かれる答えは、それが、かつて人間が、また人間社会の制度が発揮しえた冷血と残忍の極限的な実例であるということである。

比較することが問題なのではない。問題は、誰が、どんな動機で比較するかであろう。私が

「アウシュヴィッツ」と韓国の監獄とを想像の中でつなぐのは、「アウシュヴィッツはここにもある、あそこにもある」といった類の言辞を弄してナチズムの犯罪を相対化する企みに荷担するためではない。韓国の監獄はアウシュヴィッツよりましだなどというつもりも私にはない。それは、そこに監禁され拷問されている当の者にとっては「唯一無比」なのだから。

一九八〇年代半ばのことだが、兄たちの境遇に同情したという見知らぬ日本人が、獄中の彼らに差し入れてくれるようにと、フランクルの『夜と霧』を私に送ってよこしたことがあった。この本によって「彼らを励ましたい」というのである。

なんという善意……。

そのときの名状しがたい思いを、私はいまも忘れていない。

そんなことが私にできただろうか？　そこに書かれていることは彼らにとって、遠い外国や過ぎ去った昔の物語ではなく、日々の現実だというのに。

一九八六年十一月のことだが、私はダッハウに行ったことがある。いや、正確にいうと、ダッハウは目的地ではなかった。その頃、両親ともすでに世を去っていたが兄たちはまだ獄中にあって、私は欧米の人権機関や運動団体にもろもろの訴えをするため旅をしていたのである。

いくつもの都市をまわり、見知らぬ人々を相手に、使い慣れない言葉で、自分の兄弟がどんな拷問や虐待を受けているかを繰り返しリアルに描写するという作業は神経にこたえた。言おうとすることが相手に伝わるより先に、私自身の頭が凄惨なイメージでいっぱいになってしまうのだ。堪え難くなった私は、ささくれだった神経に休暇を与えるつもりで、絵を見る小旅行に出たのである。

ところが、ミュンヘンのアルテ・ピナコテーク（古典絵画館）を目指してレンタカーを走らせていた時、ダッハウとかかれた道路標識が眼に跳び込んできたのだ。私はそれを無視してミュンヘンに直行し、長い間の念願だったデューラーやクラナッハの名作を見た。その夜はミュンヘンに宿をとり酒をすこし飲んで寝た。翌朝、念のためにと思ってガイドブックと地図で確かめたところ、前日に通り過ぎたダッハウは、やはりあのダッハウだったことがわかったのだ。逃れられないのだな、と思った。見えない力に引き寄せられているように感じた私は、前日通り過ぎた街道を引き返したのである。

一面のじゃが芋畑の中に、収容所跡が博物館となって保存されていた。といっても、囚人用のバラックはほとんどなくなっていて、土台の礎石だけが、几帳面な幾何学模様を描いて広がっていた。濃い霧が立ちこめていて、広大な敷地の涯《はて》は見渡せなかった。骨まで冷えるような、湿っぽい寒気が足先から這い上がってきた。

ああ、こんなところで……。

そう思っただけで、膝の力が抜けたようになってしまった。

当時の私は、いま思えば、『アウシュヴィッツは終わらない』を、あたかも同時進行のドキュメンタリーのように読んでいた。そこに示されている残酷さの範例をとおして、韓国の監獄の現実に想像力を馳せようとした。その書物は「こちら側」の日常という皮膚に口を開いた傷だった。傷の裂け目から露出していたのは、私の肉親や同胞が投げ込まれている「むこう側」の現実であり、その現実は同時に、「こちら側」にいる私自身の生を絡めとっているのだった。私の兄たちや同胞の多くが「むこう側」で試練に遭っているとき、私自身は獄外という意味でも、日本という意味でも、つねに「こちら側」に身を置いていた。私が彼らであってもよかったのだ。実際、私自身が投獄されることは、いくらでもありえた。私も大学を出れば韓国に母国留学するつもりだったのだ。いや、そもそも解放後、父が日本に残らず祖国に帰還していたら、私は韓国で生まれることになっていただろう。私が「こちら側」にいたのは偶然にすぎないのである。

私はその偶然の幸運を後ろめたく感じていた。働くまねごとをしたり、本を読んだり、女性を好きになったり、たまには友人と酒を飲んだり、要するに「こちら側」のありきたりな日常を送っていながらも、心はいつも「むこう側」の濃い影に覆われていた。それがかりに自分の兄弟でなかったとしても、誰かが時々刻々拷問されているというのに、仕事や趣味、食事やセックス、つまり日常の生活にどんな意味や重要性があるというのか……。

私という存在は「むこう側」と「こちら側」とに真っ二つに引き裂かれていた。私には「こちら側」の世界は安っぽいつくり物のようにしか感じられなかった。「むこう側」にこそ人生の真実があるのだ。自分も「むこう側」に行くべきなのだ、そこでたとえどんな経験をすることになろうとも、それだけが本当に生きる途なのだ。そういう自分の内面の声に反論することができず、ずるずると「こちら側」に居続けている自分を恥じていた。

「我々の時代には、地獄とはこうなのだ……」

あの頃の私は、プリーモ・レーヴィの言葉をまるで聖句か呪文のように心で唱えながら、せめて「むこう側」への想像力だけは失うまいと念じ続けていたのである。

あらためて思えば、あの頃、プリーモ・レーヴィはまだ、このトリノの街で生きていたのだ。一九八二年に長篇小説『今でなければ　いつ』を、八六年には評論集『溺れるものと救われるもの』(二二五ページ参照)を著している。きょうのように霧の深い冬の朝には路面電車に乗って外出したのだろうか。カステッロ広場のカフェで親しい友人とくつろいだりもしただろう。生の肯定者らしい態度で、機知に富んだ皮肉や冗談をとばし快活に笑っただろう。それが、一九八七年になって、唐突に自殺したのである。

他方、あの頃は全く期待も想像もできなかったことだが、私の兄たちは一九八八年と九〇年に相次いで出獄した。それぞれ十七年と十九年の獄中生活であった。そして、何かしら奇妙な感が拭えないのだが、いま私はトリノにいるのだ。

昼近くなって霧が晴れてきたのを見て、ようやく出かける踏ん切りがついた。プリーモ・レーヴィの墓が市内の共同墓地の一角にあることは、あらかじめ竹山博英さんに教えてもらってあった。地図を見ると、ホテルから三キロほどの距離である。途中までは路面電車を利用したが、道路がドーラ川に突き当たったところからは徒歩である。

ドーラ川は想像していたより川幅が狭く、浅かった。だが、流れは速く、水は澄んでいた。アオスタ渓谷から流れ下ってきたこの川は、ここトリノでポー川に合流する。その合流点にほど近く、プリーモ・レーヴィの眠る共同墓地があるのだ。

橋を渡り、町工場のような建物が連なる街路を一キロばかり歩いた。きょうは休日なのか、それとも業績不振のためなのか、どれも操業している様子がない。

やがて、墓地の長い塀が見えた。門前に数人の男女がたむろしていた。家族か友人の埋葬に立ち合うため霊柩車の到着を待っているのだ。ほどなく霊柩車が到着した。日本のそれとは異なり、棺を積む荷台の部分はガラス張りで、たくさんの花で覆われた棺が外から透けて見える仕掛けになっている。長い僧衣をなびかせて忙しげに司祭が現われると、人々は一団となって墓地の中に消えていった。

その様子を眺めていて思いつき、門前の花屋で小ぶりな供花を求めた。一万五千リラ、日本円でおよそ千円である。

墓地は広大だった。墓碑の多くは手のこんだ彫刻に飾られている。一基一基が、それだけで小さな礼拝堂ほどもある堂々たる構えである。墓の主は、もちろん地元の名士やブルジョアであろう。それらが互いに競い合うようにして延々と続いている。

案内図をたよりに、そんな大仰な墓がずらっと立ち並ぶ道を五百メートルほども歩いて、このあたりと見当をつけた角を曲がると、四方を塀に囲まれてしんと静まり返った区画に出た。墓参の人影はまったくない。

うって変わって、この区画の墓碑はみな、石棺をそのまま地面に並べたような、低く平らな矩形である。ほとんどの墓碑にヘブライ語らしい文字やダビデの星のしるしが刻まれているのをみると、どうやらユダヤ人専用の区画であるらしい。それ以外、墓碑には何の飾りもない。素っ気ないくらいのものである。こういうことも、偶像崇拝を禁ずるユダヤ教の教義の故だろうか。

墓碑をひとつひとつ確かめながら、ものの十分も歩かないうちに、目指すプリーモ・レーヴィの墓を探し当てた。簡素な墓である。

よく磨かれた黒い墓石の周囲を蔓草が縁取っている。墓石の手前側に一本、右脇にもう一本、丈が一メートルほどの灌木が植えられていた。トゲをつけ傘のように四方に張った枝ぶりは、地中の死者を雨や日差しから守っているようにも見える。だが、その強靭な根は死者の遺骸に絡まりついて、ぎりぎりと締め上げ続けているのではなかろうか……。

墓石に刻まれた文字は、次のように読めた。

PRIMO LEVI
174517
1919-1987

この三行のほかに、六文字ばかりヘブライ語が刻まれているが、こちらは私には判読できない。

これが、プリーモ・レーヴィの墓碑銘のすべてであった。

姓名と生没年の間に刻まれた六桁の数字が何を意味しているのか、正直にいうと、私はとっさに思い当たらなかった。

どこで生まれ、どこで死んだのか、レジスタンスの闘士でありアウシュヴィッツの生き残りであったこと、作家であり化学者であったこと、妻や家族の名、何も記されていない。六桁の数字が何を意味するかは、わかるものにしかわからないのだ。しばらくして、はっと気づいたのだが、それはプリーモ・レーヴィの左腕に入れ墨された囚人番号なのである。

あの大災厄以前には、プリーモ・レーヴィは、出自がユダヤ人であるかどうかなど「そばかす」ほどの「ささいな違い」にすぎないと信じていた。ムッソリーニの反ユダヤ措置が「試薬」となって、彼はイタリア社会から「不純物」として析出されていった。アウシュヴィッツへの移送の際、「土地のない民が大昔からなめてきた苦悩」を味わった。ブナでは「奴隷の中の奴隷」として扱われた。作業に配置された実験室の民間人女性からも「臭いユダヤ人」と蔑まれた。その全過程は普遍的「人間」という十八世紀末以来の啓蒙主義的理念に対する大反動でもあった。そうした過程を経て、プリーモ・レーヴィは「ユダヤ人」というものになり、墓碑のヘブライ語が示すように「ユダヤ人」として葬られることになったのだ。

「ユダヤ人」とは誰のことか? 彼が「ユダヤ人」であることを何が証明するのか?

それは、あの、「切り傷のように」いつまでも疼き続けた腕の入れ墨なのである。

プリーモ・レーヴィの墓の前に、私は立っている。

これは何という死なのか?

どんな絶望が、あるいは、どんな倦怠が、彼を襲ったのだろう?

死者はもう、何も語らない。墓は無言だ。

墓碑に刻まれた174517という数字……。持参した花束をその上に置いたとき、低く垂れ込める雲からぱらぱらと冷たい雨が降り掛かった。奇怪な鳴き声を発して、見慣れぬ鳥が一羽、頭上を飛び過ぎていった。

単純明快？

さあ帰ろうか、と思った。

はるばる来たともいえるし、呆気なかったような気もするが、とにかくにも、プリーモ・レーヴィの墓をこの目で見ることはできたのだ。旅の目的は達したのである。だからどうだということもない。予想していたとおりだが、同情、哀悼、悲痛、憤怒……何らかの激しい感慨が湧き上がってくることもなかった。むしろ、そういうことを拒絶しているような墓だった。

墓地を出て、たまたまやって来たバスに乗ると、うまい具合にポルタ・ヌォーヴァ駅まで帰ってくることができた。雨もぱらついてきたし、腹も減った。どこかで温かいものでも食べて、余力があれば美術館でも覗いてみよう。当地の美術館にはファン・アイクの『聖フランシスコ像』という、珍しいものがあることはあらかじめ調べてあった。

そう思っていたのだが、気が変わった。

「レーヴィが一九八七年に自殺しなかったならば、すべてが単純明快であっただろう」。ブルガリア出身の知識人ツヴェタン・トドロフが、そう書いている（『極限に面して』）。いわばこの言葉に引きずられるようにして、私はこの旅に出たのだ。その同じ言葉が、古い虫歯のぼんやりした痛みのように、私の心によみがえって来たのである。

ポケットから地図を取り出して見当をつけ、それらしい方角へ向かう路面電車に跳び乗った。行き先は、レ・ウンベルト街七十五番地。プリーモ・レーヴィが自殺した場所、年老いた夫人がいまもひとりで暮らす場所である。

獄死したＩＲＡ（アイルランド共和国軍）闘士の例を調べると、ハンガーストライキが一定の期間を超えると眼球をコントロールする筋肉が衰えて、眼玉が絶え間なく動くようになるそうだ。私はある時期、そんな資料を眺めながら、いま頃は兄の眼玉もくるくると忙しく動いているだろうか、などと想像して茫然としていたことがある。一九八七年の三月から四月にかけて徐俊植が韓国の獄中で五十一日間もの長期ハンストを行なったのだ。私はなすすべもなく、彼の死をほとんど受け容れようとしていた。たんなる偶然だが、プリーモ・レーヴィが自殺したのは、まさにその時のことである。

幸い兄は死を免れ翌年になって釈放されたが、彼によると、ハンスト中に自らに厳しく課した規律のひとつは「必ず歯を磨くこと」だったという。ひと月以上も食事を摂らず、寝床に座ることもままならないほど痩せ衰えた体で、それでも歯磨きだけは欠かさなかったというのである。そのことを知った時、私は、『アウシュヴィッツは終わらない』に出てくるシュタインラウフ軍曹の言葉を思い出したものだ。強制収容所の朝、洗面所で顔を洗う気力も失っていた新入りのプリーモ・レーヴィに、囚人仲間のシュタインラウフはこう語ったのだ。

ラーゲルとは人間を動物に変える巨大な機械だ。だからこそ、我々は動物になってはいけない。ここでも生きのびることはできる。だから生きのびる意志を持たねばならない。証拠を持ち帰り、語るためだ。そして生きのびるには、少なくとも文明の形式、枠組、残骸だけでも残すことが大切だ。我々は奴隷で、いかなる権利も奪われ、意のままに危害を受け、確実な死にさらされている。だがそれでも一つだけ能力が残っている。だから全力を尽くしてそれを守らねばならない。なぜなら最後のものだからだ。それはつまり同意を拒否する能力のことだ。そこで、我々はもちろん石けんがなく、水がよごれていても、顔を洗い、上着でぬぐわねばならない。

プリーモ・レーヴィはブナの苛酷な作業の最中に、囚人仲間のジャンに詩を暗誦して聞かせた。ジャンは「ピコロ」すなわち「書記を兼ねた使い走り」という職責をまかされた「名士」だったが、親切な好人物だった。アルザス出身の学生で、フランス語とドイツ語をどちらも正確に話すが、イタリア語も習いたいと望んでいた。ジャンは「収容所や死に対して、自分自身の、個人的な、ひそかな闘いを、勇気を奮って粘り強く行っていた」。収容所では役にも立たない外国語をあえて学ぼうとすることも、そうした闘いのひとつだったのだ。生きのびるために、せめて「文明の形式」だけでも残そうとする闘いだった。そこでプリーモ・レーヴィは、ジャンと二人でスープを受けとるための大鍋を運んでいたとき、自分に暗誦できるイタリア語の詩をジャンに聞かせ、それをフランス語に訳して伝えようとした。プリーモ・レーヴィの頭に浮かんだのは『神曲』地獄篇の第二十六曲「オデュッセウスの歌」である。

『神曲』とは何か手短に説明しようとすると、何と奇妙で目新しい感情が湧いてくることか。地獄の配置はどうなっているか、応報とは何か。ヴィルジリオとは理性、ベアトリーチェとは神学のことだ。

ジャンは耳を澄ましている。私は慎重にゆっくりと語り始める。

（中略）

さあ、ピコロ、注意してくれ、耳を澄まし、頭を働かせてくれ、きみに分かってほしいんだ。

きみたちは自分の生まれを思え。
けだもののごとく生きるのではなく、
徳と知を求めるため、生をうけたのだ。

私もこれをはじめて聞いたような気がした。ラッパの響き、神の声のようだった。一瞬、自分がだれか、どこにいるのか、忘れてしまった。
ピコロは繰り返してくれるよう言う。ピコロ、きみは何といいやつだ。そうすれば私が喜ぶと気づいたのだ。いや、それだけではないかもしれない。味気ない訳と、おざなりで平凡な解釈にもかかわらず、彼はおそらく言いたいことを汲みとったのだ。自分に関係があることを、苦しむ人間のすべてに関係があることを、特に私たちにはそうなのを、感じとったのだ。

（中略）

三たび風は水もろとも舟を旋《めぐ》らし、
四度目にはへさきが上に、ともは
下に沈む、かの人の心のままに……

私はピコロの足をとめる。手遅れにならないうちに、この「かの人の心のままに」を聞き、理解してもらうのが、さし迫った、絶対に必要なことなのだ。明日はどちらかが死ぬかもしれない。あるいはもう会えないかもしれない。だから彼に語り、説明しなければ、中世という時代を。このように、予想もできないような、必然的で人間的な時代錯誤を犯させる時代を。そしてさらに、私がいまになって初めて、一瞬の直観のうちに見た何か巨大なもののことを、おそらく私たちにふりかかった運命の理由を説明できるものを、私たちがここにいるわけを教えられるものを、説明しなければ……。

（『アウシュヴィッツは……』）

頭に刻み込まれているはずの詩句がなかなかよみがえってこないとき、プリーモ・レーヴィは、思い出させてくれるなら命の綱である「今日のスープ」と交換してもいいとすら思ったという。

強制収容所で『神曲』を想起し暗誦するという作業は、彼に過去とのつながりを、自分を育んだ文化とのつながりを回復させた。自分の心がまだ機能することを確信させた。要するに、自分自身を再発見させたのである。

人間はけだものではない。だから、明日をも知れぬ境遇におかれても顔を洗い、歯を磨く。自分自身に規律と秩序を課し、自分の生活の主人として生きるのだ。

人間はけだものではない。だから、奴隷以下の身分に突き落とされても「徳と知」を求めるのだ。ダンテを想い、オデュッセウスにわが身をなぞらえて、はてしない苦難の航海に耐えようとするのである。いつの日か地獄から人間界に生還して証言するために。

人間は、なぜ、そして、いかに、これほどの残酷に耐えて生きのびるのか。その問いへの回答がここにある。そう言ってもいいだろうか？

「人間にはこんなことまではできないだろう」という通念、「人間ならここまで堕ちないはずだ」という期待、それらが苦もなく裏切られた場所がアウシュヴィッツだった。そこは、「人間」という尺度が完膚なきまでに打ち砕かれた逆ユートピアであった。

生き残ったごく少数の人々は「強制収容所の地獄でさえ、滅ぼすことができなかった人間性」（『生き残ること』）の証人であり、それ故に、彼ら自身が「アウシュヴィッツ以後」の時代における「人間」の尺度でもあるのだ。彼らは地上に現存した逆ユートピアの生き証人であるだけでなく、「人間」や「文明」といった観念が瓦礫となった後に、再び「人間」という尺度を再建する役割を負わされた人々でもある。

私にとってプリーモ・レーヴィは、「人間」の尺度だった。いわば、彼こそがオデュッセウスだった。彼を見よ。人は逆ユートピアを生きのび、帰還して証言することができる。そして、「人間」の価値をいっそう普遍的なものに高めるために何ごとかをなすことができるのだ。彼がそうであったように、当時獄中にあった私の兄弟にも、ひいては私自身にも、いつの日か人間界に生還して証言する日が来るに違いない。……

かつての私は、そう考えていた。この考えは「単純明快」すぎたのだろうか？

プリーモ・レーヴィの最後の評論集『溺れるものと救われるもの』（*I sommersi e i salvati*）がイタリアで刊行されたのは一九八六年、自殺の前年のことである。私はイタリア語が読めず、日本語訳は未刊なので仕方なく英語訳（*The Drowned and the Saved*）をぽつりぽつりと読んでいる。

この評論集に収められている「アウシュヴィッツの知識人」（"The Intellectual in Auschwitz"）というエッセーは、ジャン・アメリーの自殺をめぐって書かれたものだ。その書き出しはこうである。

死んだ人間と論争するのは気まずいことだし、あまり誠実なことでもない。ましてや不在者が友人になったかもしれない人物で、もっとも価値ある対話者であるという時には。しかし、それは踏まねばならない一歩ではありうる。

ジャン・アメリーは本名をハンス・マイヤーという。一九一二年ウィーン生まれで、文学と哲学の学位を取得した知識人である。一九三八年、ナチス・ドイツがオーストリアを併合すると、彼は妻とともにベルギーのアントワープに脱出した。一九四〇年、ドイツ軍がベルギーに侵入し、次いでフランスが降伏したとき、アメリーは南フランスのギュール収容所に収容された。だが、彼はここを脱走しブリュッセルに戻って対独レジスタンス活動に参加した。

一九四三年七月、アメリーはゲシュタポに逮捕され、激しい拷問を受けた。彼はのちに、拷問者の「最初の一撃」を受けた瞬間、そのとき人は「すでに何かを失う」のだ、われわれがかりそめに「世界への信頼」と呼ぶものを失う、と書いている。

一九四四年一月十五日、アメリーはアウシュヴィッツに送られた。プリーモ・レーヴィとジャン・アメリーは、同じ時期にブナにいたのである。アメリーの囚人番号は172364。二人の囚人番号の差は2000と少しでしかない。レーヴィはアメリーを憶えていなかったが、アメリーの方はレーヴィと数週間、同じバラックで過ごした記憶があるという。

一九四五年一月、アメリーは撤退するドイツ軍によってブーヘンヴァルト収容所に、次いでベルゲン・ベルゼン収容所に連行されたが、一九四五年四月十五日、連合軍によって解放された。だが、ブリュッセルに帰還して、友人宅にかくまわれていた妻がすでに病死していたことを知った。「生はまたしても空しいものとなった」。(『罪と罰の彼岸』)

ベルギーから追放されたユダヤ人二万五千四百三十七人のうち約二万三千人がアウシュヴィッツに移送された。アメリーは、生き残ったわずか六百十五人のうちの一人である。

戦後はオーストリア国籍を回復したが、ブリュッセルに住み続け著述家となった。本名マイヤー Mayer の綴りを変えてアメリー Améry と名のるのは一九五五年からである。一九七六年に『自らに手をくだし――自死について』を刊行し、その二年後の一九七八年十月十六日、ザルツブルクのホテルで睡眠薬を飲み自殺した。

プリーモ・レーヴィとジャン・アメリーは戦後、二人の作品の読者であるドイツ人女性の仲立ちによって何度か書簡を交わしたことがあるが、直接会うことはなかった。

アメリーの自殺が、プリーモ・レーヴィにかなりの衝撃を与えたことは想像に難くない。以下に、「アウシュヴィッツの知識人」から要約して拾い出してみることにする。

――ジャン・アメリーは十九歳になるまでイディッシュ語の存在すら知らなかったという。彼は自らをユダヤ人と考えていなかった。彼はヘブライ語もヘブライ文化も知らず、シオニズムを重んじなかった。宗教的には不可知論者である。だが、(ナチのオーストリア併合によって)ドイツ文化を価値あるものと信じている彼の、ドイツ人としてのアイデンティティは否定された。彼の逃避行は、逆説的であり矛盾したことだが、ユダヤ人であるという自己の宿命を受け容れることであり、同時にまたその押しつけられた選択に反逆することだった。若いハンスにとって、ユダヤ人であるということは不可能なことであり、同時に義務であった。死の時まで続き、実のところ彼を死に駆りたてた彼のアンビヴァレンスは、ここに始まった。……

アメリーは収容所でのドイツ語の破損に苦しめられた。私たちドイツ語を知らない外国人とは違って、物質的にでなく、精神的に。彼の言語はドイツ語であり、彼は言語学者であり、彼の言語を愛していた。それ故に、彫刻家が自分の作品が汚され破損されたのを見た時のように彼は苦しんだ。収容所のドイツ語は彼の理解できない言語だった。のちに彼もその野蛮な隠語を理解するようになったが、話そうとするたびにその言語は彼の口を焦がした。……

大男のポーランド人刑事犯がささいなことでアメリーを殴った時、彼は殴り返した。動物的反応からではなく、収容所という歪んだ世界へ熟慮された反逆である。アメリーは「私の尊厳がそのパンチにすべて込められた」と言う。その結果、無慈悲な殴打を受けて倒されることになったが、「自分自身に満足していた」と。

私（レーヴィ）は、アメリーを賞讃する。象牙の塔を離れ戦場に降り立った彼の勇敢な決断を讃える。それは私には手の届かないものだった。だが、私は指摘しなければならない。アウシュヴィッツ後にまで長く尾を引いた彼のこの選択が、彼を厳しく非妥協的な位置へと導き、人生の喜びを見出すことを不可能にさせたのだ。……

アメリーは言う。収容所では人はもはや、死ぬかもしれないとは考えない、むしろ、いかに死ぬかを考える、ガス室で毒ガスが効果を発揮するのに要する時間が議論され、フェノール注射による死の苦痛についての推測が交わされた、と。

しかし、この点で私の経験は彼と違っている。おそらく私が彼より若く、彼より無知で、より目立たず、意識的でもなかったせいだろう、私にはほとんど死に心を費やす時間がなかった。私にはいつも自分を忙しくさせておく多くの仕事があった。パンの切れはしを見つけること、肉体を消耗する仕事を避けること、靴を繕うこと、ほうきを盗むこと、あるいは私をとりまく顔やサインを読むこと。人生に目的を持つことは死に対する最善の防御である。そして、それは収容所だけのことではない。──

プリーモ・レーヴィはここでも終始、生の肯定者として語っている。だが、この文章を書いてほどなく、彼自身が自殺したのだ。

「同化ユダヤ人」であったアメリーには、自らが「ユダヤ人」であるという認識すらなかった。その彼がナチの迫害という、いわば外からの暴力によって無理やり「ユダヤ人」にされたという状況、そのことがもたらしたアイデンティティの引き裂きは、『周期律』の各短篇をみればわかるように、プリーモ・レーヴィにも、多かれ少なかれ、共通のものだったということもできる。

イタリアのユダヤ人は、十九世紀半ばの国民国家形成と軌を一にして中世的な身分的差別から解放され、イタリア国民として社会に統合された。いいかえれば、イタリアではユダヤ人の身分解放とイタリア国民化とはほとんど同義であった。「同化ユダヤ人」として生まれ育ったプリーモ・レーヴィにとって、ダンテやレオナルド・ダ・ヴィンチに象徴される「イタリア文化」こそが、自己のイタリア人としてのアイデンティティの基礎をなしていた。それ故に、ファシストの反ユダヤ措置という触媒によってイタリア社会から「不純物」として析出され排斥されていく過程で、かえって、「野蛮なファシズム」に対する「文明的な」イタリア人としてのアイデンティティが強化されていったと考えられる。しかも、そのアイデンティティは、たんに一民族一国民としてのものではなく、人文主義ないし啓蒙主義の文脈において「普遍的人間」としてのアイデンティティにつながっていた。この意味で彼のイタリア人アイデンティティは、アウシュヴィッツを生き抜くための非常に大きな力になっている。ダンテの『神曲』を暗誦する場面はそのことを象徴している。

もちろん、プリーモ・レーヴィのこうした自己意識は一面的なものではない。もう一方で彼は、ファシストやナチから「ユダヤ人」として差別され迫害される過程を通じて、逆説的に、「アルゴン」に活写されているような、ほとんど失われようとしていたユダヤ人としての伝統や文化を自己とその周辺に再発見していく。また、アウシュヴィッツで、互いに言葉も通じない東欧や北アフリカ出身のユダヤ人たちと苦難をともにする過程を通じて、ユダヤ人としてのアイデンティティが形成されていったことも見落とすことはできない。プリーモ・レーヴィの中で、イタリア人意識とユダヤ人意識とは相互にどのような関係をなしていたのだろうか……。

恥

アウシュヴィッツのプリーモ・レーヴィにはダンテという拠り所があった。ジャン・アメリーはどうだっただろうか？　アメリー自身がそのことを語っている。

たとえばベートーヴェンを思う。そのベートーヴェンをベルリンでフルトヴェングラーが指揮していた。そして大指揮者フルトヴェングラーは第三帝国の名士だった。（中略）中世のメルゼンブルクの格言詩から現代詩人ゴットフリート・ベンまで、十七世紀教会音楽の作曲家ディートリヒ・ブックステフーデからリヒャルト・シュトラウスまで、精神の遺産と美的財宝はそっくり敵方の手に収まっていた。（中略）
アウシュヴィッツでは、孤立したユダヤ人は、ドイツ・ルネサンスの画家デューラーや二十世紀の作曲家マックス・レーガー、バロック詩人のグリューフィウスや今世紀の詩人トラークルもろとも、全ドイツ文化を一人の親衛隊員にゆずり渡さなくてはならなかった。

（『罪と罰の彼岸』）

ナチの迫害を逃れてアメリカに亡命したトーマス・マンは、「私のいるところ、そこにドイツ文化がある」と述べた。そう主張することのできたトーマス・マンへの皮肉な羨望の念を、アメリーは隠そうとしていない。自分のようなドイツ・ユダヤ人にはとてもそんなことは言えない、ドイツ文化を自分のものと主張しても、その主張を認めてくれる社会性がないからだ、というのである。

アメリーは、人間は故郷をもつべきだ、ただし、「たえずそれを失うために」、といい、その言葉どおり、真の故郷喪失者として死んだ。故郷とは特定の土地や家だけを意味しない。それは母語であり、文学や音楽、文化そのものである。自分にしみついた母語、自分の感性や知性を形づくった文学、最もしっくりくる絵画や音楽、精神の拠り所である文化そのものが、ある日突然、自分を排斥したとしたらどうだろうか？　収容所で職業を問われ、馬鹿正直に「ドイツ文学者」と答えた囚人がナチ親衛隊に半殺しに殴られたというエピソードを、アメリーは伝えている。ドイツ・ユダヤ人の経験とは、まさにそういうものだった。

尹東柱の経験は、ある意味でアメリーのものと対照的である。これは私の想像だが、彼は正直に自分は「朝鮮語詩人」であると供述して特高刑事に半殺しに殴られたかもしれない。下鴨警察署での八ヵ月間にもおよぶ取調べの間、彼の未発表詩稿は証拠物としてのみ扱われ、彼自身が日本語に翻訳させられた。詩語や文学表現に対する敬意など毛すじほども持ち合わせていない刑事は、そこに隠されているはずの「危険思想」を読み取るべく、詩人を手荒く追及したであろう。詩人は一語一語の意味を彼にとっては不得意な外国語である日本語で説明するよう求められ、不満足な応答をしようものなら容赦なく暴行を加えられたであろう。

朝鮮語や朝鮮文化は、当時の日本人の常識からすれば一顧だにする価値のないもの、むしろ早々に「廃滅」に帰すべきものであった。日本語と日本文化の小世界、たとえその小世界内で差別される二級市民としてであれ、そこへ引きずり込まれることこそが朝鮮人にとっての幸せなのである。その有難さに感謝せず、朝鮮語で詩を書いたり、あまつさえ独立を望むなど「偏狭な民族主義的偏見」にほかならない。特高刑事も、検事も、裁判官も、このような当時の日本的常識の忠実な実践者だった。その結果、詩人は治安維持法違反で懲役二年を宣告されて異国の監獄で獄死し、詩稿は永遠に失われた。

ハンナ・アーレントは一九六四年、西ドイツでのインタビューで、「残ったものは、言語です」と述べている。長い亡命生活の結果、論文は英語で書くようになったが、自分は母語であるドイツ語でドイツ詩の大部分を暗記しており、それらはいつも自分の「記憶の背景」になっている、というのである。そして、戦後はじめてドイツに帰ったとき、そこでドイツ語が話されているという体験に「はげしく震えるような」喜びを感じたと述べている。(「何が残ったか？　母語が残った」)

アメリーのような苦悩はここにはうかがえないが、それでも、「ユダヤ人」と烙印されて故郷ドイツから追放され、亡命地アメリカで政治思想学者として自己の足場を確立して久しい彼女にして、なおこの発言があることに、私はある感慨を抱く。人にとって、母語の束縛はそれほどに決定的なものなのだ。人は原則として、新しい言語を学ぶことはできても、母語を取り替えることはできないのである。

アメリーは母語であるドイツ語に裏切られ、母語の共同体から追放された。自分に乳を与え、子守歌を唄い、物語を語って聞かせた母親が、ある日突然、お前なんか私の子じゃないといって、自分を殺そうと迫ってくるようなものである。

尹東柱は母語を否定され、母語の剥奪に同意しなかったために命を奪われた。たとえていえば、母親から無理やり引き離され、母を慕うことをやめなかったために殺されたのである。

私は？　私の母語は日本語である。植民地支配の結果、朝鮮人でありながら在日二世として日本で生まれ育ったためだ。

もしも私がブナのような生き地獄に落とされたら、プリーモ・レーヴィのダンテにあたる拠り所が私にあるだろうか。そういう想像をめぐらす時、すでに、私は無意識のうちに、かつて読んだことのある日本語の文学作品一覧表を頭の中でめくっているのである。がっかりさせられることに、私にはそれ以外に一覧表がないのだ。

しいていえば魯迅が、私にとってのダンテかもしれない。ブナの生き地獄とは比較するべくもないが、苦境に立たされたとき、「故郷」や「忘却のための記念」の断片が自然に思い浮かんでくることがある。だが、魯迅は中国人であって朝鮮人ではないし、それより何より、私は、竹内好の日本語訳でそれを精神に刻印されたのだ。では尹東柱はどうか？　私は彼の詩も、最初は日本語訳で知ったのである。いまでは朝鮮語も意味がとれるくらいには読めるが、詩を深く味わい、暗誦するという境地にはとても到達できそうもない。日本語に翻訳されていない何百人何千人の尹東柱のいるところ、つまり朝鮮語によってのみその一員に加わることのできる豊饒な文化共同体が存在することを私は知っている。それは私にも見えているのだが、私の手はそこに届きそうで届かない。

小学校の頃から、「国語」の授業時間は私にはぎこちないものだった。日本語は私の母語だが、「国語」ではないからだ。それなのに、私はその言語によって記述される文化を否応なく充填され、また、その言語によらなければ他のどんな文化とも交渉をもつことができないのである。これは不条理というものではないか？

「国民化」を拒否して生きることは一般に思われているほど簡単ではないにせよ、不可能ではない。しかし、母語を取り替えることは不可能とまではいえないが、極度に困難である。私は日本国民化を拒絶しているが、日本語という見えない牢獄の囚人なのだ。私の兄たちが若い日に韓国に渡る覚悟を決めたのは、この苛立たしい牢獄を抜け出ようとする一心からだったのだろう。人生の半ば以上を生き終えてしまったいまになって、あらためて私はそう思う。

ともあれ、「ドイツ人」であることを拒絶されたアメリーと、「イタリア人」であり続けることのできたレーヴィという対比は可能であろう。

レーヴィはトリノを「真の故郷」と思い定め、そこに生還した。アメリーの場合は、生まれ故郷のウィーンで自分を育んだ「ドイツ文化」が手袋が裏返るように反転して、「ドイツ文化」の申し子そのものであった彼を外側に追放してしまった。アメリーは戦後もオーストリアに帰ろうとしなかった。故郷と彼との間には永遠のよそよそしさだけが残った。

エリ・ヴィーゼルはトランシルヴァニア地方のシゲットという小都市の出身である。戦前ハンガリー領だったこの土地は、戦後はルーマニアとウクライナとに分割された。戦前、この都市の人口二万五千人のうちの一万人がユダヤ人だったが、戦後は五十世帯だけになったという。ブーヘンヴァルト収容所で解放されたとき、家に帰りたいかと尋ねられたヴィーゼルは、「いいえ」と答えた。そこには空き家が残っているだけで、家族も幼友達も、何もかも失われてしまっていたからだ。ヴィーゼルの場合、彼の故郷の「社会」は完全に破壊され消滅したのである。

アウシュヴィッツ以後のユダヤ人にとって、アメリーやヴィーゼルのような故郷喪失の経験こそが一般的であり、むしろレーヴィの場合が例外的なのだ。しかも、ヴィーゼルには東欧の伝統的なユダヤ人共同体の記憶だけは残ったが、アメリーにはそれもない。

しかし、と私は考える。レーヴィの場合にしても、故郷に生還することはできたが、その故郷は、いや、故郷といわず「世界」そのものが、アウシュヴィッツ以後はもはや以前と同じものではなかったであろう。いったん、「不純物」を析出し排斥した前歴のある社会が、もう二度と同じことを繰り返さないという保障はどこにもなかった。彼のアイデンティティの拠り所であった西欧文明は、ナチズムという鬼子を産んで自己崩壊に瀕していた。「むこう側」から生還した彼の目には、「こちら側」の世界に無数に走る修復不能な亀裂がよく見えたであろう。その光景はちくちくと神経を刺し、彼を絶えず不安にさせたにちがいない。

アメリーは「自分」は社会のものでも教会のものでもなく、「自分自身のものだ」と主張して、「自死の社会的な復権」をはかろうとした。

自死が、矛盾したものであるにもかかわらず、私たちの前に開けているやはり唯一の広く自由な世界への道であることの今一つの論拠。自死は不条理ではある。しかしたわけたことではない、というのも自死の不条理性は生の不条理性を増大させるものではなく、減少させるものなのだから〔強調原著者〕。私たちが自死を正当と承認してよい最低のことは、自死が、私たちが悩まされ苦しまされる生の虚偽、またその虚偽のおかげで悩みに堪え得もする生の虚偽を撤回するということだ。（『自らに手をくだし』）

アメリーの自殺は、このような彼自身の自殺観の実践とみることができる。あらゆる存在証明を否定された彼にとって、自らの死の主人となることこそが、最後の、最も確かな存在証明だったのだ。彼の自殺はそのアイデンティティの分裂に駆りたてられたものだというレーヴィの分析は的を射ている。しかし、的中しすぎて、レーヴィ自身を射抜いたかもしれない。自死したアメリーと生き続けようとする自分との相違点を数え上げる作業は、レーヴィが意識していたかどうかはともかく、むしろ二人の共通点を再確認することにつながったのではないか。そして、レーヴィは、自分自身のうちにある自死への傾斜をあらためて目の当たりにすることになったのではないだろうか。

プリーモ・レーヴィは自ら、「恥」（"Shame", *The Drowned and the Saved*）と題する文章で自殺へと傾く生き残りの心理を分析している。以下に要約してみよう。

——多くの生き残りが自殺するのはまず、それが動物ではなく人間の行為だからだ。収容所では彼らはまったく奴隷化された動物として生きていたので、自らを死ぬにまかせることはあっても、自らを殺すことはなかった。第二には、収容所には考えねばならない他のことがあったからだ。絶えず死が差し迫っているために、死ぬという考えに精神を集中することができないのである。さらには、大多数の場合、生き残りの自殺は、どんな罰によっても減ずることのできない罪の感覚から生じるのだ。

どんな罪なのか？　われわれは自らが呑み込まれたシステムに対してまったく何も、あるいは不十分にしか、抵抗しえなかった。抵抗の可能性と強さをみせたわずかな輝かしい例の前で、恥の感覚はいっそう強められる。——

ここで述べられている恥の感覚の具体例は『アウシュヴィッツは終わらない』の「最後の一人」という章に述べられている。

一九四四年のクリスマスも間近なある日、プリーモ・レーヴィたちモノヴィッツ収容所の囚人たちは点呼広場に整列させられた。

投光器のぎらぎらした光、絞首台の木枠、そんな道具立てと残忍な儀式は、囚人にとって目新しいものではない。プリーモ・レーヴィはそれまで十三回も公開の絞首刑に立ちあわされていたのだ。以前の絞首刑は普通の犯罪や、厨房での盗みや、サボタージュ、脱走などへの懲罰だった。だが、その日は別だった。

公開処刑の犠牲者は、ビルケナウの焼却炉を破壊した反乱者の一員だった。この反乱は、ガス室の死体処理をさせられていたユダヤ人特別作業班《ゾンダーコマンドー》三百四十人が決行したものだ。遠からず自分たち自身が処分されることを確信した彼らは、数ヵ月の準備によって軽機関銃一丁、拳銃数丁、手製爆弾、斧、かなてこ、鋤を用意し、一九四四年十月七日、反乱を起こしたのである。彼らは第四焼却炉に放火し、第二焼却炉の設備を破壊し、鉄条網を切断して逃走をはかった。しかし、ナチ親衛隊の攻撃によって二百五十人の死者を出して敗北。その夜、さらに二百人のユダヤ人が射殺された。親衛隊側の死者は三人だった。この事件はアウシュヴィッツ収容所の歴史における唯一の武装抵抗であった。（『絶滅』）

最後の瞬間に犠牲者は叫んだ。

みなは死者の叫び声を聞いた。それは昔からの無気力と忍従の厚い防壁を貫いて、各人のまだ人間として生きている核を打ち震わせた。

「同志諸君《カメラーデン》、私が最後だ！《イッヒビンレッテ》」。

私たち卑屈な群れの中から、一つの声が、つぶやきが、同意の声が上がった、と語ることができたら、と思う。だが何も起こらなかった。私たちは頭を垂れ、背を曲げ、灰色の姿で立ったままだった。ドイツ人が命令するまで帽子もとらなかった。落としぶたが開き、体が無残にはね上がった。楽隊がまた演奏を始め、私たちは再び列をつくって、死者が断末魔に身を震わす前を通りすぎた。

絞首台の下ではＳＳたちが、私たちの通るのを無関心に眺めていた。彼らの仕事は終わった。しかも大成功だった。

（中略）

人間を破壊するのは、創造するのと同じくらい難しい。たやすくはなかったし、時間もかかった。だが、きみたちドイツ人はそれに成功した。きみたちに見つめられて私たちは言いなりになる。私たちの何を恐れるのだ？　反乱は起こさないし、挑発の言葉を吐くこともないし、裁きの視線さえ投げつけられないのだから。（『アウシュヴィッツは……』）

「恥」からの要約に戻ろう。

――さらに現実的なのは自己告発、あるいは人間的な連帯において失格したという告発である。ほとんどすべての生き残りは、救いを差し伸べることを怠ったという罪の意識を覚える。より弱く、ずるさが足りず、年老いているか若すぎる仲間、かたわらで彼らがつねに助けを求めているのが収容所の日常である。連帯を、人間らしい言葉を、助言を、ただ話を聞いてくれる耳を。そうした要求はつねに、どこにでもあったが、ごく稀にしかかなえられなかった。

おまえは他者の代わりに生きているが故に恥じるのか？　しかも自分より心が広く、繊細で、有用で、賢明な、生きる価値のある誰かの代わりに。……この感情を阻むことができないのだ。「誰もが、その兄弟のカインである」。われわれの誰もが、隣人の場所を奪い取ってその代わりに生きている。こうした疑惑はわれわれを蝕み、深く巣食う。それはたとえ外からは見えなくても、われわれを蝕み、苛立たせる。――

こうした厳しい自己告発の行き着くところ、プリーモ・レーヴィはついに、証人としての自己の資格にまで疑いの目を向けるにいたる。

――われわれ生き残りは真の証人ではない。これは、私が他の人の回想を読み、自分自身のそれを年月をおいて読むうちに少しずつ意識するようになったぎこちない思いである。われわれはごくわずかであるだけでなく、異例の少数者でもあるのだ。われわれはごまかしや要領、あるいは幸運によって深淵の奥底に触れずにすんだ者たちだ。奥底に触れた者、メデューサを見てしまった者は、もはや証言するために還ってくることはできなかった。あるいは帰還しても無言のままだったのだ。――

ツヴェタン・トドロフは、プリーモ・レーヴィを苛んだ恥の感覚を、「思い出としての恥」「生き残ったことの恥」、さらに「人間であるという恥」の三層にわたって分析している。たしかにプリーモ・レーヴィはアウシュヴィッツからの解放後、自分は「人間であることに罪があると感じていた」と書いていた。なぜならアウシュヴィッツを作ったのは人間だから、と。「正しいものが、他人の犯した罪を前にして感じる恥辱感」というものがあるのだ。

抵抗の意志すらも全面的に破壊された屈辱の記憶。自分は「カイン」であるという自己告発。証人としての自分の適格性にまとわりつく疑惑（だが、つきつめれば「真の証人」は死者なのであり、この世に存在することは不可能なのだ！）。自分自身も人間という恥ずべき種族の一員であるという思い。……こうした幾重にも重なった恥の感覚に身を蝕まれて、プリーモ・レーヴィはわが身を「深淵の奥底」に投げ出したのだろうか？

トドロフは結論的にこう述べている。

彼はバーを高く上げすぎた。人類は（問題なのはたんにドイツ人だけでなく、人類だから）、よくならなかった。レヴィがまっ先に観察したように、すでにあのごく近い過去さえねじ曲げ、抑圧しているのだ。相変わらず無実の者は罪を意識し、有罪者は無実と思っている。おそらく、この理由から、レヴィは苦痛の大海が年々上昇していると感じたのだ。

（『極限に面して』）

プリーモ・レーヴィが自殺しなかったら、すべてが単純明快であっただろう。

人生は、私たちの一人一人によってではなく、アウシュヴィッツの生き残りであるレーヴィによって肯定されているのだ。あのような経験をした人が、なお人生を肯定している。そうである以上、私たちがあらためて何を悩む必要があろうか……。ところが、その彼が、私たちを置き去りにしてこの世から消えてしまったのである。

「人　間」

なぜ、アウシュヴィッツの生き残りが、「人間であることの恥」に苦しまねばならないのか？　恥じることを知らない加害者の恥までも、被害者が引き受けて苦しまねばならないという、この不条理な転倒が起きるのは、なぜなのか？

その理由は、彼らが「汝の敵を愛せ」という教義を実践する高徳の聖人だからではない。彼らは自ら「ユダヤ人は人間以下である」という思想の犠牲にされたが故に、その思想に対して、人間はみな等しく「人間」であるという思想を対置しなければならない関係に立たされるからだ。「ドイツ人」といえども、もちろん「人間」の例外ではない。ひとたび破壊された「人間」という尺度を再建しようとする限り、「人間」の犯す罪は否応なく彼ら自身に背負わされるのである。

「人間以下」とされたのはユダヤ人だけではない。「ジプシー」と蔑称されるシンティ・ロマの人々やアフリカ人も、ナチからみれば人間以下であった。同性愛者や心身障害者もそうである。ナチにとってポーランド人やロシア人などのスラブ人は将来奴隷とされるべき「低級人間《ウンターメンシュ》」であった。

ソ連への侵攻に際してヒムラーは次のように演説している。

この戦いは国民社会主義（ナチズム）の戦いであり、わがゲルマンの、北方人種の高貴な血に基づいた世界観のための戦いである。（中略）だがわれわれとは別に、一億八千万以上もの雑多な人種がいる。発音しにくい名前を持つ、体格の悪い連中だ。そんな連中は、同情やあわれみなどかけずに撃ち殺せばよいのだ。こうした人間どもは、ユダヤ人によって一つの宗教、ボルシェビキ思想という一つのイデオロギーに統合されている。諸君が東部で相手にしている敵は、こうした人間以下の、劣等人種なのである。ある時はフン族、またある時はマジャール、さらにはまたタタール、チンギス・ハン、モンゴルと、名前は変えても劣等人種にかわりはない。

（『ホロコースト全史』引用から）

ナチだけの話ではない。ヨーロッパ人とアメリカ大陸の白人から見れば、アフリカ人、アメリカ先住民、アジア人、オーストラリアのアボリジニー、ニュージーランドのマオリなど地球上各地の先住民は人間以下だった。日本人から見れば、朝鮮人、中国人、琉球民族、アイヌ民族、台湾の先住民、南洋諸島の人々などは人間以下であった。

こうした思想の犠牲者たちは、蔑まれ、辱められ、小突きまわされ、奴隷として酷使され、あっさりと殺戮された。そのそれぞれの場面で彼らは、「同じ人間なのに、なぜ?」と低く呻いたことであろう。根源的な問いである。屈辱や苦痛とともに体内に埋め込まれたこの根源的な問いが彼らを動かし、「同じ人間」という尺度を再建するという困難な位置に彼らを立たせる。「同じ人間」という観念は、差別者にとってはただのお題目ですませることもできるものだが、被差別者にとっては自分の肉体と精神を守る闘いの根拠であり武器でもあるからだ。そのために、いつでも被害者の側が、加害者をも含む新しい普遍性の枠組みを再構築する役割を負うことになる。それが人類の歴史を貫いている弁証法なのだ。

こう書いていて、かつて読んだサルトルの、こんな言葉が私によみがえってきた。アルジェリア解放戦争中、フランス軍がアルジェリアで恣行した拷問や残虐行為を告発した文章の一節だが、いまはもう記憶している人も少ないかもしれない。

どこだろうと、いつだろうと、どんな安全柵を設けても、あらゆる国民が、人類全体が、非人間的なもののなかへ転落するのを防ぎ止められないとするならば、実際の話、なぜわれわれは、人間となるために、もしくは人間としてとどまるために、大いに苦しむのだろうか。

非人間的なものこそがわれわれの真実となるのだ。（中略）陰気で虚偽のそれらの考えはすべて、人間は非人間なりという同一の原理から流れ出ている。

（「一つの勝利」『シチュアシオンV』）

一四九二年、スペインからのユダヤ人大追放の年は、同時にコロンブスによる「新大陸到達」の年でもあった。それはまさに、アメリカ先住民にとって、今日まで五百年間におよぶ大災厄の始まりであった。ラス・カサス著『インディアスの破壊についての簡潔な報告』は、その具体的な描写で満たされている。

彼らは、誰が一太刀で体を真二つに斬れるかとか、誰が一撃のもとに首を斬り落せるかとか、内臓を破裂させることができるかとか言って賭をした。彼らは母親から乳飲み子を奪い、その子の足をつかんで岩に頭を叩きつけたりした。（中略）

さらに、彼らは漸く足が地につくぐらいの大きな絞首台を作り、こともあろうに、われらが救世主と一二人の使徒を称え崇めるためだと言って、一三人ずつその絞首台に吊し、その下に薪をおいて火をつけた。こうして、彼らはインディオたちを生きたまま火あぶりにした。（中略）

ふつう、彼らはインディオたちの領主《セニョール》や貴族を次のような手口で殺した。地中に打ち込んだ四本の棒の上に細長い棒で作った鉄灸《てっきゅう》のようなものをのせ、それに彼らを縛りつけ、その下でとろ火を焚いた。すると、領主《セニョール》たちはその残虐な拷問に耐えかねて悲鳴をあげ、絶望し、じわじわと殺された。（中略）キリスト教徒たちはまるで猛り狂った獣と変わらず、人類を破滅に追いやる人々であり、人類最大の敵であった。非道で血も涙もない人たちから逃げのびたインディオたちはみな山に籠ったり、山の奥深くへ逃げ込んだりして、身を守った。すると、キリスト教徒たちは彼らを狩り出すために猟犬を獰猛な犬に仕込んだ。犬はインディオをひとりでも見つけると、瞬く間に彼を八つ裂きにした。

ここにいう「彼ら」とは、いうまでもなくスペイン人征服者（コンキスタドール）のことである。

新大陸に渡ったスペイン人たちは先住民に貢租を要求し、それが不足すると強制労働を課した。一五〇三年、スペイン国王は先住民のキリスト教化と抱き合わせに「エンコミエンダ制」という事実上の奴隷制を承認した。このため先住民は金銀の採掘、真珠採りなどの労働を強いられ死滅していった。さらにスペイン人はキリスト教化という美名のもとに、アステカ王国やインカ帝国を征服し、先住民を酷使し虐殺した。

これに対して、軍事的征服より「精神的征服」を重視した一部のキリスト教聖職者が、エンコミエンダ制を非難し先住民の擁護を主張した。バルトロメー・ラス・カサスもその一人である。ラス・カサスは一五四一年、国王に謁見し、自己の見聞にもとづく報告書を提出して征服の中止を訴えた。その報告にのちに加筆して公刊されたのが『インディアスの破壊についての簡潔な報告』である。

ラス・カサスはこの『報告』で、新大陸到達からの最初の四十年間で千二百万人ないし千五百万人の先住民が犠牲になったと報告している。今日となっては犠牲者数を正確に決定することは不可能だが、未曾有のジェノサイドであったことに異論の余地はないであろう。こうした所業もまた、キリスト教化されていない先住民は人間以下であるという思想なしには不可能なことであった。

ラス・カサスは一四七四年、スペイン南部のセビーリャで生まれた。父親は製パン業を営む商人だったが、一四九三年、コロンブスの第二次航海に参加してエスパニョーラ島に渡った。一四九九年、父親は帰還し、連れ帰ったインディオ奴隷一名をラス・カサスに与えたことがあるという。ラス・カサスは後年、私の父もインディオに対する非道な所業に手を貸した一人でした、と述べている。

学問的に証明されてはいないが、通説ではラス・カサスはコンベルソ、すなわち改宗ユダヤ人の家系に属するといわれている。当時、スペインのユダヤ人は追放か改宗かの苛酷な二者択一を迫られていた。その圧迫を逃れて、新大陸へ向かった者も少なくない。もしラス・カサスがコンベルソだったとすれば、彼がいわば「神の正義」という当時の普遍的思想に徹底的に拠って、インディオに対するキリスト教への強制改宗策を批判し、スペイン人の新大陸での食欲と暴虐を弾劾し続けたことには、彼の出自が投影しているのかもしれない。

現代ドイツの文学者エンツェンスベルガーは一九六六年の論考で、ラス・カサスは「文明が単数ではなく複数であること」を理解した、彼は「ヨーロッパの地位の相対性」を発見した、と指摘し、こういうヨーロッパ中心主義を超える歴史認識をもった人間は十六世紀には彼一人しかいないし、現在のヨーロッパでも決して多くないと指摘している。(『何よりだめなドイツ』)

当時スペインと覇権を争っていたヨーロッパ諸国にとって、ラス・カサスの『報告』は、スペイン非難のための格好の政治的材料となったが、彼らの側にもスペインを真に批判できる資格はない。

ポルトガルとスペインによって先鞭がつけられた奴隷貿易に、オランダ、フランス、イギリス、デンマークなどが競って参入した。十六世紀中頃から、大西洋を舞台にいわゆる「三角貿易」が盛んに行なわれるようになった。綿布、金属製品、アルコール、鉄砲などヨーロッパの製品をアフリカ西海岸に運び、そこで奴隷と交換して西インド諸島や南北アメリカ大陸に渡る。そして、砂糖、綿花、タバコなどを満載してヨーロッパに帰還するのである。アフリカ西海岸から新大陸まで、およそ四十日から七十日の航海だった。

奴隷船に積み込まれる奴隷は男女とも頭を剃られ、所有主か会社の紋章を焼印され、足首に鎖をつけられて船倉にぎっしりと詰め込まれた。一日に二回程度、甲板に出て外気を吸うことが許されたが、船内は不潔そのもので、しばしば疫病が発生した。航海中の奴隷の死亡率は八パーセントから二十五パーセント、平均して六人に一人が死んだといわれる。

大西洋を越えて新大陸に「移送」されたアフリカ人の数は千二百万人ないし二千万人といわれているが、この数もいまとなっては確定不可能である。しかもこの数には、奴隷狩りの途中で殺された人々や航海中に息絶えて海に捨てられた人々の数は含まれていないのである。(『新書アフリカ史』)

アフリカ侵略と「三角貿易」によって、イギリスをはじめヨーロッパ諸国は巨大な富を蓄積した。いうまでもなく、スペイン人がアメリカ大陸で行なったこと、イギリス人やフランス人がアフリカ、インド、中国など全世界で行なったこと、アメリカ大陸に植民した白人たちが先住民とアフリカ人奴隷に対して行なったこと、日本人が台湾、朝鮮、中国大陸などアジア諸地域で行なったこと、それらの犯罪と比較することでナチの大罪を相対化することは許されない。それと同じように、他の帝国主義者たちが、ナチの陰に身を隠して自己を免罪しようとすることも許されてはならないのである。

アメリカ独立宣言やフランス革命以降のおよそ二百年、万人は法の下に平等であるという普遍的人間観を世界に伝播させてきた人々は、同時に、この人間観を自ら裏切り続けてきた。この人々は帝国主義侵略と植民地支配を通じて、「人間は非人間なり」という原理を実践してきたのだ。

収容所体制こそがファシズムにおおわれたヨーロッパを支えた基本制度であった。ナチス当局は、枢軸国が勝利した暁には、この体制を維持し、発展させ、完成させる、と明言していた。そうなったら「貴族体制」を基礎にした「新秩序」が到来するのは目に見えていた。つまり、一方には「支配民族」(ドイツ人自身のことだ)から成る支配階級がいて、もう一方には、大西洋からウラル山脈まで、ひたすら働き、従うだけの、無数の奴隷群のいる体制だ。
(「若者たちに」『アウシュヴィッツは……』)

プリーモ・レーヴィがここで述べていることは、まさしくヒトラー自身が一九三二年夏、ナチ党本部での「東方生活圏政策」に関する会議で演説した内容を忠実に踏まえている。ヒトラーはこの時、闘争によって選り抜かれた「貴族階級」、「厳密なヒエラルキーに基づく大量の党員」、「無知な大衆、奉仕するものの集団、永遠の未成年者の集団」、そして「降伏した他種族の一階層」すなわち「現代奴隷階級」によって構成される「未来の社会秩序」を描いてみせたのである。

中世以来の反ユダヤ主義、痙攣的な覇権欲と植民地獲得欲、弱肉強食・優勝劣敗の社会ダーウィニズムと優生思想、人種主義、さちに「効率」への物神崇拝とテクノロジー信仰、これらすべての要素が複合し相乗して爆発したのが、ナチス・ドイツによるユダヤ人大虐殺という事件だった。それは、帝国主義侵略と植民地支配に支えられてきたヨーロッパ近代文明そのものの自家中毒であり、自己破綻であったともいえよう。

見ようによっては、遅れてやって来た帝国主義国であるドイツは、スペイン、イギリス、フランスなどが長年かけてヨーロッパの「外」で行なってきたのと同じことを、短期間のうちに「内」に向けて破裂させたにすぎないのである。「人間は非人間なり」という原理が「外」なるアフリカ人やアメリカ先住民に向けられていた時には、エンツェンスベルガーの言うとおり、ほとんどのヨーロッパ人はそのことを怪しまなかった。それがユダヤ人大虐殺という形でヨーロッパの「内」に向けられ、自らの隣人に及んで初めて、「人間」という理念の普遍性をめぐる彼らの自己矛盾が曝け出されたのだ。

だから、と私は考える。「アウシュヴィッツ」は、ただたんに私たちへの道徳的警鐘としてあるのではない。それは、私たち自身の近代に根ざしており、いまも現実そのものに内在しているのだ。帝国主義と植民地支配は、人間の一部は人間以下であるという思想、「人間は非人間なり」という原理と不可分の関係にあり、その時代はまだ終わっていない。そうであるかぎり、「アウシュヴィッツは終わらない」のである。

人を殺すのは人間だし、不正を行い、それに屈するのも人間だ。だが抑制がすべてなくなって、死体と寝床をともにしているのはもはや人間ではない。隣人から四分の一のパンを奪うためにその死を待つものは、それが自分の罪ではないにしろ、最も野蛮なピグミーや最も残忍なサディストよりも、考える存在としての人間の規範からはずれている。

（『アウシュヴィッツは……』）

プリーモ・レーヴィの言葉である。ナチの人種主義の犠牲者であった彼の口からこぼれた「野蛮なピグミー」という言葉に、私は複雑な思いを禁じえない。

「ピグミー」という言葉はそれ自体差別語だが、そのことは別としても、「野蛮」さを象徴する記号としてこの語が口から出てしまうことを簡単に見過ごしてしまうことはできない。プリーモ・レーヴィにとって「人間」とは何よりも「考える存在」だった。だが、「ピグミー」は考えないだろうか？　そんなことはない。何よりも、「ピグミー」は何百万人もの人間を整然と徹底的に絶滅させたりはしなかった。

いうまでもなくヨーロッパ諸国、そして日本も、「文明化」（civilization）や「近代化」（modernization）の名において、アフリカ、アメリカ、アジアの諸民族を侵略し植民地支配したのである。ナチス・ドイツは「文明」の名においてあの蛮行を行なった。ナチの蛮行は「文明」の進歩があってこそ可能となったものだ。それは、その思想も技術も、ヨーロッパ近代文明自身が産み落としたものだった。ナチズムはヨーロッパ文明の外部から押し寄せた「野蛮」ではなく、ヨーロッパ文明そのものの内部で育った「野蛮」の噴出であった。

プリーモ・レーヴィはナチズムとの闘いを「文明」対「野蛮」の対立構図において捉えていた面が強い。これは彼だけのことではない。『イタリア抵抗運動の遺書』の序文を書いたアニヨレッティも、ファシズムを「野蛮で文明からほど遠い残酷な社会」と形容している。当時のイタリアやフランスのレジスタンス運動そのものが全般的にヨーロッパ中心主義的発想にとらわれており、ファシズムやナチズムを西欧「文明」に対立する「野蛮」と捉えていた。ほとんどのヨーロッパ知識人がそうであるように、プリーモ・レーヴィもまた、少なくとも、『アウシュヴィッツは終わらない』を書いた時点、戦争が終わったばかりで彼がまだ若かった時点においては、自己の内なるヨーロッパ中心主義から自由ではなかったようである。

もちろん、その後の作家生活を通じて変わらず人種差別に反対し続けた彼が、晩年にいたるまで若い日と同じヨーロッパ中心主義的発想をそのままに保ち続けたとは思わないが、ナチズムの「野蛮」と闘うとき自己の拠り所となった「文明」という観念の危うさをどれくらい自覚していたかは、深刻に検討してみなければならない問題である。

ただし、私は、プリーモ・レーヴィに「文明」を全的に否定せよ、「自然に帰れ」、などと要求するつもりはない。私はむしろ、アウシュヴィッツの「野蛮」世界から亀裂だらけの「文明」世界へと生還した彼に、誠実なるがゆえに「文明」の自己矛盾を背負わされ、新しい普遍的文明の構築という難題の重荷に耐えて立つ同時代人の姿を見るのである。

断絶

一九四四年の末、プリーモ・レーヴィを含む三人の囚人がブナで研究室の作業に配置された。暖房のある部屋でのデスクワークである。凶暴なカポーに殴られることもない。この幸運がなければ、彼が生き残ることはなかっただろう。

しかし、そこには別の苦痛が待っていた。

研究所の娘たちを前にして、私たち三人は恥とまどいで奈落に落ちたような気になる。私たちは自分がどんな格好をしているか知っている。（中略）首は細長く、喉仏がつき出していて、羽をむしられた鶏のように見える。服は信じられないほど不潔で、泥と血と油のしみだらけだ。（中略）体はのみの巣だから、人目もはばからずに、いつも掻くことになる。そして恥ずかしいほどひんぱんに便所に行きたいと言わねばならない。

（『アウシュヴィッツは……』）

この娘たちはすべすべしたばら色の肌を輝かせ、清潔で暖かそうな服を着て、長い金髪を美しく整えている。話し方は優雅で上品だ。囚人独特のかすかに甘ったるい臭気に顔をしかめる。飢えている彼らの視線もはばからずジャムつきパンを食べる。彼ら囚人とは直接口もきかない。あるとき、娘の一人にプリーモ・レーヴィがものを尋ねると、彼女はめいわくそうに別の娘を振り返って早口で何か言った。「臭いユダヤ人《シュティンクユーデ》」という言葉がはっきり聞き取れた。

その上、娘たちは自分たち同士で、文字どおり永劫の囚われ人であるレーヴィたちを前に、「今年は何て早く過ぎてしまったんでしょう！」と、クリスマス休暇をどう過ごすかについてのおしゃべりに興じるのだった。

彼女らは、I・G・ファルベンに雇われてブナで働くドイツの民間人だった。民間人から見れば、レーヴィたち囚人は「不可触賤民」である。「髪も、名誉も、名前もなく、毎日殴られ、日ごとにきたならしくなり、目には、反逆心も、平安も、信仰の光も読みとれない」。囚人たちは「泥棒で、信頼できず、どろだらけで、ぼろをまとい、死ぬほど飢えている」。それは収容所という地獄の暮らしが急速に彼ら囚人にもたらした変化なのだが、民間人は「原因と結果を混同して」、囚人たちが「こうしたおぞましさにふさわしい存在」だと判断してしまうのである。

プリーモ・レーヴィは、ブナで自分に化学知識の試験を課したパンヴィッツ博士という民間人の視線を、解放後もずっと忘れることができなかった。


あの視線は人間同士の間で交わされたものではなかったからだ。別世界に住む生き物が、水族館のガラス越しにかわしたような視線だったのだ。もし私があの視線の性格を徹底的に究明できたなら、第三帝国の大いなる狂気の本質も説明できたに違いない。（同前）

それは「廃棄にふさわしい物質」を前にして、利用できないかどうか点検する視線だった。それほどまでの無視と蔑視が当然のこととしてまかり通っていた。世界は真っ二つに断絶していたのだ。民間人と囚人、アーリア人とユダヤ人、貴族と賤民、奴隷主と奴隷、人間と人間以下、こちら側とむこう側……。

レーヴィは解放されて自由な人間になった時、またパンヴィッツ博士に会いたいと切望していた。「復讐のためでなく、人間の心に対する興味のため」である。

アウシュヴィッツから解放された後、プリーモ・レーヴィは「ドイツ人」と、どのように再会したのだろうか。

ソ連軍によって解放された彼は、イタリア人のもと囚人や捕虜たちとともに戦争末期の混乱の中を長期間、ポーランドとソ連の領内に足止めされ、およそ八ヵ月後にようやく、特別列車で、ルーマニア、ハンガリー、チェコスロバキア、オーストリア、そしてドイツの領域を経てイタリアに送還された。帰還までの混沌と倦怠の時間、その不条理であり祝祭的でもある日々を描いているのが、プリーモ・レーヴィの第二作『休戦』である。

帰還列車がドイツ領内に入りミュンヘンに一時停車したとき、レーヴィは列車を降りて瓦礫だらけの街をうろつきまわった。


私たちはドイツ人の一人一人に何か言うことがある、それもたくさん言うことがあると感じていた。そしてドイツ人もそれについて、私たちに言うことがあるだろうと思った。私たちは急いで結論を出したいと思っていた。試合が終わった後のチェスの指し手のように、質問し、説明し、解説を付けたいと思った。《彼らは》知っていたのだろうか、アウシュヴィッツについて、日々の静かな虐殺について、自分の戸口の少し先で行われていたことを？　もしそうなら、どうやって道を歩き、家に帰り子供たちと顔を合わせ、教会の扉をくぐれたのだろうか？　もしそうでないなら、彼らは私たちの、私の言うことに耳を傾け、学ぶべき神聖な義務がある、それもすべてを、すぐに。私は腕に入れ墨された番号が、切り傷のように熱く燃えるのを感じた。

（中略）

だが誰も私たちの目を見ようとしなかった、誰も対決しようとしなかった。彼らは目を閉じ、耳をふさぎ、口をつぐんでいた。彼らは廃墟の中にこもっていたが、それはあたかも責任回避の要塞に意図的に閉じこもっているかのようだった。彼らはまだ強く、憎悪や侮蔑をまた表に出すことができ、高慢と過ちの古い結び目にいまだにとらわれていた。（『休戦』）

アウシュヴィッツから生還して二十二年たったある日、プリーモ・レーヴィの目の前に再び「ドイツ人」が浮かび上がってきた。そのいきさつは『周期律』の「ヴァナディウム」という短篇に綴られている。以下にその内容をたどってみよう。

一九六七年のこと、トリノの化学会社に勤務していたプリーモ・レーヴィが、ドイツから輸入した原材料に関するクレームの手紙を輸出元に出したところ、ドイツから届いた二通目の返事にL・ミュラー博士と署名があった。

ミュラーだって？

「私は前世でその名の男に会っていた」。

レーヴィがブナで実験室に労働配置されていたとき、そこに出入りしていた民間人にミュラー博士という名の人物がいたのである。三回しか口をきいたことがなかったが、そのうち一回は彼がレーヴィに、なぜひげが伸びているのか尋ねたのである。囚人は誰一人ひげ剃りを持っていない、ハンカチすらない、ひげは週に一回月曜日に事務所で剃るだけだとレーヴィは答えた。別のとき、ミュラーはレーヴィに、木曜日にもひげを剃ることと革靴一足を受領することを許可するカードを与えながら、また尋ねた。

「あなたはなぜそんなに不安そうな様子をしているのですか?」

レーヴィは頭の中で結論を出した。「この男は何も分かっていないんだ」。

あのミュラーと同一人物だろうか?

レーヴィはミュラーに自分の著書『アウシュヴィッツは終わらない』のドイツ語版を送り、それに添えた手紙で、ブナにいたことがあるかどうか尋ねた。そんなことをしたのはノスタルジアのためではない。「『他の側のものたち』と個々の人間として決着をつけることは、強制収容所《ラーゲル》を生き延びて以来、絶えることなく、強く持ち続けてきた希望だった」のである。

私が夜に(ドイツ語で)夢見るまでに熱烈に待ち望んだ出会いとは、私たちを〔実験室での作業に――引用者〕配置しながら、まるで私たちには目がないとでも言わんばかりに、目を見つめようとしなかった、あちら側のものとの出会いだった。それは復讐のためではなかった。私はモンテクリスト伯ではなかった。それは尺度を作り直し、「その後」のことを考えるためだった。

プリーモ・レーヴィの問い合わせに、ミュラーから返事がきた。彼はまさしく、ブナの研究所にいたミュラーだったのだ。ミュラーはレーヴィの本を読んで「感動」したといい、個人的に会いたいと申し入れていた。「それは私にとっても、あなたにとっても有益で、あの恐ろし《イム・ジンネ・デア・ベヴェルティグンク・デア・ゾー・フル》い過去を克服するために必要である《ヒトバレン・フェルガンゲンハイト》」というのだ。レーヴィは「克服」という言葉から、ミュラーが自分に何かを期待していることを感じた。「赦免のようなもの」を求めているのは明らかだった。

彼は初めの手紙に「過去の克服」Bewältigung der Vergangenheit について書いた。私は後になって、これは今日のドイツの決まり文句、婉曲語法であり、広く「ナチズムの贖罪」と理解されていることを知った。だがそれに含まれる語幹の walt は、支配、暴力、強姦といった言葉にも表われており、「過去の克服」を「過去をゆがめる」「過去に暴行を加える」と翻訳しても、その深い意味からさほど離れない、と私は信ずる。だがそれでもこうして決まり文句に逃げこむほうが、他のドイツ人たちに見られる、咲き誇る鈍感さよりましなのだ。

レーヴィは再度ミュラーに手紙を書いて、自分が著書で述べた見解を受け容れるかどうかだけを尋ねた。個人的に会う件については何も語らなかった。「それが怖かった」からである。次にミュラーから届いた返信は、「救済されたドイツ人」の謙虚で「キリスト教的な手紙」

でもなく、「頑固なナチ」の「ふらちな手紙」でもなかった。

ミュラーは「アウシュヴィッツの出来事を、区別なしに『人間』のせいにしていた」。ミュラーはブナの実験室でレーヴィと「対等な人間同士の、友情に近い関係を結べた」と断言していた。レーヴィと「化学上の問題を論議し、そうした状況で、どれだけ『貴重な人間的価値が、単なる野蛮さから、他の人間によって破壊されているか』考え込んだ」と述べていた。レーヴィにはそんな記憶はない。それは、あのブナの環境では現実離れした話だった。「おそらく善意から、都合のいい過去を作り出したのだろう」。

同時にミュラーは、こうも書いていた。I・G・ファルベンが囚人を雇ったのは「保護」するためだった、ブナの工場自体が「ユダヤ人を保護し、生存を助ける」ために建設された、ユダヤ人に同情するなという命令は「偽　装《アイネ・タルヌンク》」のためだった、自分がアウシュヴィッツに滞在していた短い期間中、「ユダヤ人の殺戮を推測できるいかなる要素も知ることがなかった」……。

ミュラーはいまでもI・G・ファルベンの後継会社の社員であり、「自分が食べている皿に唾を吐くことなどしないのだ」。

逆説的で、腹立たしいが、例外ではなかった。当時、静かなるドイツ国民の大多数は、できるだけ物事を知らないように努め、従って、質問もしないようにするのを、共通の技法にしていた。明らかに彼も、誰にも、自分自身さえにも、質問をしなかったのだ。晴れた日には、ブナ工場からも、焼却炉の火が見えたというのに。

ミュラーはレーヴィの著書に「ユダヤ教精神の超克、敵を愛せよというキリスト教的掟の完成、人間への信頼のしるし」を見て取ったといい、個人的会合の必要を繰り返していた。彼は破廉恥漢でも英雄でもなく、「ある曖昧な人間像の典型」、「単眼の人物の一人」だった。レーヴィは彼を愛せそうもなかったし、会いたくもなかった。

ミュラーは善意で小心であり、正直で無気力だった。大多数のドイツ人と同じように、無意識のうちに当時の自らの無関心や無気力を正当化しようとしていた。直接の加害者でなかったとしても、少なくともナチの犯罪の加担者ないし受益者だった人物が、犠牲者に向かって、重々しい口調で、「敵への愛」や「人間への信頼」を説くのである。そのことの浅薄さ、いやらしさ……。しかも、彼が頑固なナチだったなら話は単純だったのだが、当惑させられることには、「過去の克服」を願っているというのである。

敵を許し、おそらく愛する準備はできているが、それは改悛の確実なしるしを見せた時、すなわち敵であることをやめた時に限る、と言明した。逆の場合、敵であり続け、苦しみを作り出す意志に固執する時は、もちろん許すべきではない。そのものを立ち直らせようと努め、そのものと議論することはできるが（そうすべきである！）そのものを許すのではなく、裁くのが私たちの義務となる。（中略）現実には武装集団が存在し、アウシュヴィッツを作り、正直で無気力な人たちはその地ならしをしたのだった。だからこそアウシュヴィッツに対して、すべてのドイツ人が、そして人類全体が責任があり、アウシュヴィッツ以降は無気力であることは正当化できないのである。

ミュラーからの会合の申し入れに返事をするため、レーヴィが書いた手紙の下書きである。彼は自分の性格を熟知していた。すぐに言い返す能力がなく、つい相手の話を信じてしまいそうになり、怒りや正しい判断は部屋を出た後、もう役に立たないときに戻ってくるのだ。だから、彼はミュラーと会いたくなかった。正確に、しかも上品に、自分の考えを手紙で伝えようとしたのだ。

「『他の側のものたち』と個々の人間として決着をつける」ための、決意を込めた手紙である。しかし、この手紙は投函されないままに終わった。ミュラーから不意に電話がかかってきて会合の約束をした直後、彼が病死してしまったからだ。

世界は依然として断絶したままである。それどころか、断絶はますます絶望的なものになっている。むこう側とこちら側とでは、「愛」や「人間」という言葉の意味さえ互いに通じないのだ。

ところで、ミュラーのような日本人にならぬ、私もしばしば出くわすことがある。

日本には以前から、あれは「時代」が悪かった、「戦争」というのはそういうものなのだ、一部の「狂信的軍人」が暴走したのであり国民も天皇も「事実を知らされていなかった」のだ、と言い張る人々がいる。朝鮮の植民地支配については、日本がやらなければロシアがやったはずだ、結果は不幸だったが日本は遅れた朝鮮人を日本人なみに引き上げようとしたのだ、その「善意」は認めるべきだ、などと主張する。だが、私の「ミュラー」はこのタイプではない。

私の「ミュラー」もまた、私に、「なぜ、そんなに不安そうにしているのですか?」と、一見誠実そうな無頓着さで尋ねるのだ。あるいは、「なぜ、そんなに怒っているのですか?」とか、「なぜ、悲しんでいるのですか?」とか……。不安や怒りや悲しみの原因に自分自身もかかわっているかもしれないなどと、彼らは想像もしてみないのである。

彼らはたいてい、自分のことをヒューマニストで平和愛好家だと堅く信じている。話していてくつろいでくると、韓国に旅行したことがあるとか、親しい友人に「在日の人」がいるとか言い始める。自分は自分を日本人だと思ったことはないとか、自分は「在日日本人」だとか、理屈に合わないことを言う場合もある。だが、しばらくすると、いったいいつまで謝ればいいいんですかね、と日頃の疑問をちらりと口に出してみる。そして、こちらが何か言おうとする前に、いまや「国際化」の時代なんだからお互いに「未来志向」で「共生」していかなければいけないと、空疎なキーワードを並べたてるのである。

「ミュラーのような日本人」といったが、在日朝鮮人の中にも「ミュラー」はいる。これらの「ミュラー」たちは声をそろえて、「共生」のためにはお互いに「ルサンチマン」を棄てる必要がある、と高説を垂れる。穏やかな調子でそう言うことによって、彼らはあらかじめ「ルサンチマン」などといった非生産的な感情を超越した理性の高みに自分を置き、いつの間にかこちらに、低級な報復感情にとらわれている非理性的な人々というレッテルを貼りつける。私には朝鮮人が日本人に「ルサンチマン」を抱く理由はいくらも挙げられるが、その逆は思いあたらないので、「お互い」という言葉がそもそも胡散臭いものにしか思えない。そのようにして彼らは、実際のところ、「ルサンチマン」の原因となった歴史的・社会的現実を改善しようとするどころか、加害者の責任をうやむやにし、傷の癒えない被害者に向かって「過去を水に流す」ことを慇懃な口調で強要しているのである。

ついでに彼らは、あなたももっと「前向き」に生きるべきだと、真顔で忠告する。いったい、どちらが「前」なのか？　しかし、彼らの確信するところでは、いつでも新しいのは彼らであり、古いのはこちらである。それに、彼らにとって「新しい」ということは経済的な「豊かさ」と同義であり、それこそが「正義」にもまさる尺度なのだ。

親切な忠告にもこちらが説得されないと知ると、内心では気分を害していても、紳士的な彼らはそれ以上言いつのったりはしない。だが、おそらく心の中では、こちらが救い難いナショナリストであるという的外れな結論を下し、やはり名分にこだわるのが朝鮮人の「民族性」なのだと自分の怪しげな比較文化論的解釈に自信を深めたり、被差別者にありがちな偏狭さのせいだから鷹揚に見てやらなければ、などと自分に言い聞かせたりしているのである。

ドイツ人

「ドイツ人」とは誰のことか？　そもそも「ドイツ人の罪」というものがあるのか？　それともミュラーがほのめかすように、アウシュヴィッツは「人間」の罪なのだろうか？

何年も前から私は、自分がドイツ人であることを恥じるという何人ものドイツ人に出会ってきた。私はいつも彼らに向かって、私は人間であることを恥じると答えようという思いに駆られた。この原則的な恥ずかしさは、今日では様々な国籍の多くの人間が共有するものであり、感情の上で国際連帯に関して残された唯一のものである。

（中略）

人類の逃れられない責任に対して心底不安を抱いている人たち、そのような人たちだけが、人間が惹き起こすかもしれない、恐るべき悪に対して勇敢に、妥協せず、全面的に闘いを挑まねばならぬとき、頼りになるのである。

（『組織化された罪』『パーリアとしてのユダヤ人』）

ハンナ・アーレントの文章である。一九四四年十一月、亡命先のアメリカ合州国で書かれている。プリーモ・レーヴィがまだブナに囚われていた頃のことだ。ナチス・ドイツは劣勢とはいえまだ敗北しておらず、他方アウシュヴィッツの恐ろしい真相はようやく世間に広く知られつつあった。彼女自身が亡命ユダヤ人の苦悩と悲哀を経験していたことを考えると、この時点で彼女が「ドイツ人」総体への激しい嫌悪や敵意を表明していたとしても不思議ではない。しかし、彼女はここではっきりと、民族としての「ドイツ人」総体に罪があるとする考えに反対しているのである。冷厳なまでの普遍的精神というべきであろう。

しかし、急いでつけ加えておかなければならないのは、ここでのアーレントの主張が、ドイツという政治共同体の成員、つまり「ドイツ国民」の政治的責任を免責するものと誤読されてはならないという点である。アーレントは後年に書いた「集団の責任」という論文で、「罪」と「責任」の概念を明確に区別している。「わたしたち全員に罪がある」という叫び声は現実には、実際に罪のあるものを無罪放免するはたらきしかしなかった、と彼女はいう。「罪」は法的な概念であり、「厳密な意味で一個人にかかわっている」。その一方で、政治共同体の成員なら誰もが負わねばならない、政治的な意味での「集団的責任」があるのだ。いいかえれば、

「ドイツ人」という集団の中に「罪」のある個人はいるが、「ドイツ人」の総体に「罪」があるのではない。「ドイツ人総体の罪」という考えはむしろ、罪のある個人を隠匿する結果につながるだろう。しかし、ドイツ国民なら誰でもドイツという政治共同体がなした行為について「集団的責任」があるのである。こうした「集団的責任」を免れるのは、難民や亡命者など「国家なき人々」だけなのだ。

ところで、「ドイツ人」であることを恬《てん》として恥じないドイツ人に出会った時には、ハンナ・アーレントは何と言うのだろうか？　興味深い問題である。

大切なことは、誰が、どの立場で語るかということ、そして、語られた言葉が誰によって、どう利用されるか、ということであろう。亡命ユダヤ人であるハンナ・アーレントが「人間であることを恥じる」と言う時、彼女の前に立ったドイツ人が「そうだ、そのとおり」と、肩の荷を降ろして胸を反らせるとすれば、その光景はグロテスクというほかない。彼はやはり、かりに個人として「罪」がない場合でも、「それでもドイツ人であることを恥じる」と応じるべきなのだと私は思う。そうしてこそ初めて、被害者と加害者とが同じ平面で向かい合って「人間」共通の責任を論じることも可能になるだろう。

ただしその場合、血統的あるいは文化的な意味において、「ドイツ人」という「民族」の一員であることを恥じるべきだというのではない。ドイツ語をしゃべること、ソーセージが好物であること、ライン川を美しいと感じること等々を、それ自体として恥じる必要はない。しかし、自分たちが馴れ親しんだ生活様式や思考方式がどこかでナチズムの基盤を用意したのかもしれないという疑念や居心地の悪さは捨て去られてはならないだろう。ナチズムを産み、育て、黙認し、支持し、そこから利益を引き出しさえしたドイツ国民の一員としての恥辱感、その感覚に可能なかぎり敏感であるべきだ。そのような姿勢こそが、「人間としての原則的な恥ずかしさ」をさまざまな国籍の人々と共有し、感情の上で国際連帯を可能にするための前提なのである。ところで、「日本軍国主義と日本人民は別だ」という言葉を中国人戦争被害者から聞く時の、日本人たちはどうだろう？ 「そんなことは当たり前だ」としか思わず、平然としているのではないか。

プリーモ・レーヴィにとっての「ドイツ人」は、アーレントほどすっきりと整理された概念ではない。

彼は「ドイツ人」を理解したいと切望していた。十六歳の頃から変わらぬ「理解」への激しい欲望を抱いていた。何のために？ 裁くために、である。理解できない者を裁くことはできないからだ。

プリーモ・レーヴィの『アウシュヴィッツは終わらない』は一九六〇年、当時の西ドイツで翻訳刊行されたが、出版に先立って彼は翻訳者に次のような手紙を書いている。この手紙は同書に序文として収められた。

——私、囚人番号174517番は、あなたのお陰で、ドイツの人々に彼らがなしたことを想起するよう語りかけることができます。「私は生きている。そして、私はあなたがたを理解したい。あなた方を裁くために」と。

私は決してドイツ人への憎しみを抱いてはいません。人が、彼がどういう人であるかによってではなく、たまたま属しているグループによって判断されねばならないという事実は私には受け容れられないし、理解できません。

しかし、私は、自分がドイツ人を理解しているとはいえないのです。そして、何か理解できないものがあるということは、痛みに満ちた空隙、針で突かれた穴、充足を求める絶えざる苛立ちになるのです。——

（"Letters from Germans"）

プリーモ・レーヴィは自分の著書がドイツで反響を得ることを期待した。なぜならドイツの読者からの反響が、自分に「ドイツ人をよりよく理解できるようにさせ、苛立ちをしずめることができるだろう」から、というのだ。

やがて彼は、自ら希望したように、ドイツ人読者から感想や質問の手紙を受け取ることになる。彼はつとめて返事を書いた。

彼は「苛立ち」をしずめることができただろうか？

たとえばドイツ人読者のうちの一人は、こんな問いを投げかけてきた。

——あなたの肩で手を拭ったカポーのような人々、パンヴィッツ博士のような人々、アイヒマンのような人々、また、他者の責任の陰に隠れることで自己の責任を逃れることなどできないということを認識せず、非人道的な命令を実行したすべての人たち、私にも彼らが理解できません。

しかし、彼らは「ドイツ人」なのですか？　そして、どんな場合でも一つの全体として「ドイツ人の」と言うことは許されるのでしょうか？　あるいは、「イギリス人」または「イタリア人」または「ユダヤ人」と言うことは？　あなたは、あなたが理解できないドイツ人の中にもいくつかの例外があったことを述べておられます。あなたのこの言葉に感謝するとともに、不正との闘いで苦しみ死んでいった数知れないドイツ人を思い出して下さるようお願いします。——

実はこれと同種の質問は、私自身にも耳慣れたものだ。……「日本人」の罪というのがあるのでしょうか？　かつて中国人や朝鮮人を虐待した人たちと自分とは同じ「日本人」なのでしょうか？　「日本人」の中にも「いい人」がいたことを無視しないで下さい。（ただし、戦前戦中に天皇制と侵略戦争に反対して闘った日本人は、ナチに抵抗したドイツ人に比べても極端に少ない。）……「なに人」などという区別にこだわらず、同じ人間と考えればいいじゃありませんか？　あなたが「日本人」という言葉を使うのは、むしろ、あなた自身が過剰な民族意識にとらわれているからではありませんか?

レーヴィは前記の読者に次のように答えている。

——私はあなたに同意する。「ドイツ人」を、また他のどんな民族であれ、単一の、区別のない全体として語ること、そしてすべての個人を一つの判断の中に含めてしまうことは危険であり間違っている。しかし、私は、オランダ人とかイタリア人とかスペイン人とか、それらの民族(people)の伝統、慣習、歴史、言語、文化の総体として、それぞれの民族気質(a spirit of people)があるということを否定しようとは思わない(そうでなければ、それは民族ではないだろう)。したがって、「すべてのイタリア人は情熱的だ、あなたはイタリア人だ、だからあなたは情熱的だ」などという三段論法はばかげていると思うが、ある範囲内で、ひとまとまりのイタリア人から、あるいはドイツ人その他から、他と比べて特徴的な集団的行動を想定することは理にかなっていると私は考える。

ありていにいうなら、四十五歳以上の世代で、ドイツの名の下でヨーロッパで起こったことを真に意識しているドイツ人がどれくらいいるだろうか? 裁判の数の当惑させられるような結果から判断すると、ほとんどいないと思う。悲嘆にくれた哀れな声とともに、今日のドイツの富と力を誇る調子外れで耳障りな声が私には聞こえる。——

プリーモ・レーヴィがドイツの読者と手紙のやりとりを始めたのは一九六〇年代前半のことである。したがって、ここにいう「四十五歳以上の世代」とは、ナチス時代にすでに成人していた世代を指している。一九六〇年代に入ってから西ドイツは連合国とは別に、自らの手でナチとその協力者に対する追及を始めたが、「裁判の数」というのは、その裁判が形式的なものに終わりそうな形勢について述べたものであろう。（日本はそのような自らの手による戦犯追及を、形式的にすら行なっていない。）

一九六八年の学生反乱を契機に、西ドイツにおいて、旧ナチやその協力者が戦後も社会の中枢に居座り続けていることに対する広汎な異議申し立てが起こった。それは「世代間戦争」と呼ばれるほど激しいものだった。だが、六〇年代前半にはまだ、「ラインの奇跡」と称する驚異的な経済成長が賞讃されるばかりで、ナチス時代の罪をドイツ人自らの手で明らかにしようという動きはほとんどなかった。レーヴィの手紙は、そうした現実に対する苛立ちの静かな表明と読める。

「民族性」や「国民性」といったものが実体として存在するという考えがある。「ドイツ人に固有のゲルマン民族魂（Volksgeist）」とか、「日本人なら生まれながらに備えている大和魂」といった、例の神話である。こうした非合理かつ排他的な神話は、民族や国民を血統的あるいは文化的に一体の実体としてとらえる虚構の上につくられたものだ。いうまでもなく実際には、民族であれ国民であれ、それを構成するのは血統的にも文化的にも種々雑多な人々である。そのことを示す、最も教科書的な例がほかならぬプリーモ・レーヴィの故国イタリアであろう。イタリア統一と近代国民国家建設の過程で、それ以前にはなかった一体としての「イタリア人」意識が形成されていったのである。それ以前は、ピエモンテ人、トスカーナ人、シチリア人等々、そしてユダヤ人はいたが、「イタリア人」は存在しなかった。よく指摘されることだが、十九世紀末にいたっても、北部諸州の人々には南部イタリア人やシチリア人を同じ「イタリア人」と認める意識はきわめて稀薄だったのである。

この観点から見たとき、プリーモ・レーヴィの議論は文化に規定される「民族」(その際の「文化」とは何を指すのかについては別途に議論が必要であるが)と、政治共同体の成員としての「国民」との区別が不明確だという指摘は可能であろう。プリーモ・レーヴィ自身、区別のない全体としての「ドイツ人」という観念が人種主義的な偏見につながる危険性を繰り返し承認している。その論理からいえば、明確な限定なしに「ドイツ人」と包括的に名指すべきではないということになろう。だが、そのことをよく承知しながらも、プリーモ・レーヴィはかなり頑固に、「ドイツ人」と名指し続けているのである。

この問題をどう考えるべきだろうか? 少なくとも、彼がアウシュヴィッツの生き残りであるということ、および、その彼がドイツの読者に向かって語っているという位置関係を無視するべきではないだろう。私はむしろ、彼には簡単には譲ることのできない「ドイツ人」像があったのだということを、重く受け取らなければならないと考える。

レーヴィにとって「ドイツ人」は政治共同体の成員という概念には収まりきらない、不可思議で不気味な存在であった。収容所のバラックには「正直は一生の宝」、「雄弁は銀沈黙は金」、「バラック内では帽子をぬぐこと」などの標語が掲げられていた。洗い場の壁には「日光と空気と水は君の健康を保つ」と書かれていた。強制収容所システムの最高責任者ヒムラーのモットーは「何をするにも折り目正しくあれ」というものだった。そして彼らは、実際に折り目正しく大虐殺を遂行したのである。

食事や労働の作法、娯楽の趣向、言語感覚、冗談のセンス（あのナチ流のユーモア！）にまでしみ込んだ「伝統、慣習、歴史、言語、文化の総体」としての「ドイツ人」。未曾有の犯罪行為を実行した個々の犯罪者の背後に、その支持者、受益者、黙認者としての大多数の「ドイツ人」が控えていた。その捉えどころのない「総体」との格闘こそが、彼のアウシュヴィッツ経験だったのであろう。

『アウシュヴィッツは終わらない』の巻末に若い読者との問答がある。そこで、「ドイツ人は知らなかったのでしょうか？」という問いに、レーヴィはこう答えている。

大多数のドイツ人は知らなかった、それは知りたくなかったから、無知のままでいたいと望んだからだ。国家が行使してくるテロリズムは、確かに、抵抗不可能なほど強力な武器だ。

だが全体的に見て、ドイツ国民がまったく抵抗を試みなかった、というのは事実だ。（中略）一般のドイツ市民は無知に安住し、その上に殻をかぶせた。ナチズムへの同意に対する無罪証明に、無知を用いたのだ。目、耳、口を閉じて、目の前で何が起ころうと知ったことではない、だから自分は共犯ではない、という幻想をつくりあげたのだ。

知り、知らせることは、ナチズムから距離をとる一つの方法だった（そして結局、さほど危険でもなかった）。ドイツ国民は全体的に見て、そうしようとしなかった、この考え抜かれた意図的な怠慢こそ犯罪行為だ、と私は考える。

ジャン・アメリーは、レーヴィよりもはっきりと、ドイツ人の「総体的な罪」という言葉に自分は固執すると言い切っている。（『罪と罰の彼岸』）

アメリーは、こう主張する。ドイツ人の「総体的な罪」を問題にすることは戦後すぐ、冷戦下でドイツが防共の砦の役割を振られたときからタブー視されてきた。その役割をはたしてもらうためには、「気を悪くさせてはならない」からだ。「総体的な罪」という概念を、ドイツ人の誰もが同じ意識、同じ意志にもとづき、同じ行動をやってのけたなどというふうに考えるのはナンセンスである。しかしそれを、個人それぞれの罪科の総計とみなすことは役に立つ仮説ではないか。個々のドイツ人の罪――犯罪行為の罪、犯罪を見すごした罪、煽動の罪、沈黙の罪――これらの罪から国民総体の罪が浮かび上がってくるのだ。……

アメリーは自分が出会った少数の勇気あるドイツ人のことも忘れず言及しているが、しかし、これら少数者に対して、「すでに総体としか思えない圧倒的な多数派」がいたと述べるのである。

自分たちのまわりで生じていること、ユダヤ人をめぐって起こっていること、それを人々は正確に知っていた。臭いを嗅いでいたのだから。私たちがユダヤ人抹殺施設から流れてくる焼却の臭いを嗅いでいたように彼らは鼻で知っていた。そして、つい昨日、ユダヤ人の選別場で手に入れたばかりの衣服を着ていた。組立て工のファイファーはたくましい労働者だった。あるとき私に得意そうに厚い外套をみせながら、「ユダ公のマント」と言った。働き者にはこういうのが手に入るというのだった。人々はすべてに異常をみとめなかった。そしてもし一九四三年に国民選挙があったとしたら、人々はこぞってヒトラーに投票したはずである。千に一つのまちがいもない。

アメリーは自分が「ルサンチマン」を抱いていることを否定しない。しかも、そのルサンチマンは「同害報復」などではなく、「時間の逆転という人間にとって本来は荒唐無稽な要求」を彼に掲げさせるのだ。

「ときおり私は夢想する」と、アメリーは言う。打ち負かした者と打ち負かされた者という二つの人間集団が「時間の逆転という一点」、「歴史の倫理化を願う一点」で遭遇することを。しかも、それを要求するのはドイツ人だ。つまり、ドイツ人自身がすすんで自らの汚名をそそぎ、その結果、「屈辱の日々に自分たちがおこなったすべて、同じ時代の所産であるアウトバーンすらも例外とせず、ある限りのすべてを否認する集団」になるのだ。その要求がドイツ人自身から出されれば、そのこと自体ですでに、「実現したにもひとしく意味深い」のである。そのとき、被害者のルサンチマンは、主観的には晴らされ、客観的には無用のものとなるだろう。……

しかし、そういいながらも、アメリーはとうに絶望しているようにみえる。いや。彼がこうした辛辣な文章を綴っていることそのものが、まだ絶望してしまうことができなかった証拠だともいえるであろう。しかし、それはまるで自分で自分に、結局は絶望させられることになる運命を納得させようとしているようにも読める。たとえば、こんな具合に……。「倫理に目がくらんだのか、なんというとてつもない夢想であろう！」。

ルサンチマンというもの、この真実のモラルの感情の源泉、いつも押しひしがれた人々のモラルであったもの——そのルサンチマンが打ち負かす者たちの邪悪さを越えるなどのチャンスはめったにない。あるいはまったくないというべきだろうか。私たち犠牲者は自分たちの恨みごとに「ケリをつけ」なくてはならない。かつて強制収容所の隠語として用いられたのと同じ使い方、つまりは殺すことを意味している。私たちはケリをつけねばならず、また間もなくケリをつける。それまでは恨みがましい繰りごとでお邪魔するのをご辛抱いただきたい。

ジャン・アメリーはこのようにエッセーの末尾を結び、それから十年あまり後に実際に睡眠薬を飲んだ。「ケリ」をつけたのである。

プリーモ・レーヴィは、アメリーが自分のことを「許す者（the forgiver）」と呼んでいたことを、共通の文通友だちであるドイツ人女性から聞かされた。聞かされたのはアメリーの死後のことであり、したがって、その言葉でアメリーが厳密に何を言おうとしていたのかはあいまいなままだ。だが、先に「ケリ」をつけた男のこの言葉は、あいまいなままに、レーヴィの胸に重くわだかまったであろう。

——私はその言葉を侮辱とも称賛とも思わない。ただ不正確だ。私は許しに傾いていないし、当時の私たちの敵を決して許したことはない。また、アルジェリア、ベトナム、ソ連、チリ、アルゼンチン、カンボジア、あるいは南アフリカの、彼ら〔ナチ——引用者〕の模倣者たちを許すことができると思ったことはない。人間のどんな行動も犯罪を消し去ることはできないことを私は知っているからだ。私は正義を求める。しかし、私は個人的には〔アメリーのように――引用者〕殴り合ったり殴り返したりすることができないのだ。――

（"The Intellectual in Auschwitz"）

「あなたはドイツ人を許したのですか？」というイタリアの若い読者の質問に、プリーモ・レーヴィはこう答えていた。

個人的な性癖なのだろうが、私は人を簡単に憎めない。憎しみとは動物的で未熟な感情だ。私は自分の思想や行動を、できる限り理性の側に近づけたいと思っている。（中略）私は理性を信ずるし、話しあいを最上の進歩の手段と考えている。だから憎しみよりも正義を好むのだ。

（「若い読者に答える」『アウシュヴィッツは……』）

プリーモ・レーヴィとジャン・アメリーを分けたものは何だろう？「ルサンチマン」の激しさだろうか。「許す者」かそうでないかという区別だろうか。それとも、レーヴィが言うように、殴り返すことができるかどうかという個人的な性質の違いだろうか。おそらく、それらのことよりも、「理解」への期待度とでもいうべきものの差であっただろうと私は考える。アメリーは「ドイツ人」を理解することにほとんど絶望していた。レーヴィは、この時はまだ、絶望することができなかった。「理性」を信じ、「話しあいを最上の進歩の手段と考えて」いた、あるいはそう考えようとしていたのである。

「ドイツ人」とは、いったい何者なのか？　永遠に身を灼くようなこの問いを解かなければ、同じことがまた何度でも起こるだろう。「ドイツ人」を理解できるかどうかは、「人間」という理念の普遍性を救い出せるかどうか、「尺度」を再建できるかどうかの鍵なのだ。

プリーモ・レーヴィは、生き続けるのである以上、「ドイツ人」を理解しようと努めるしかなかった。そうでなければ、アメリーと同じように「自らに手をくだす」ほかないのである。

彼は「ドイツ人」を理解することができたのだろうか？

アウシュヴィッツからの解放後二十年以上経って幽霊のように現われたミュラー、平均的に正直で無気力なドイツ人である彼は、「過去の克服」を口にする一方、I・G・ファルベンを弁護し、ユダヤ人殺戮の事実は「知らなかった」というのである。ブナにいたときですら、ユダヤ人であるレーヴィに「なぜ不安そうにしているのか」と尋ねた人物なのだ。抹殺の脅威にさらされている強制収容所の囚人が、日々自分の生命を脅かしている側の者から、自分がなぜ不安であるのかについて説明を求められるのである。しかも、相手は、かつてだけでなく現在も、そのことの不条理をまったく「分かってない」のである。そんな人物を「理解」することなどできるだろうか？

ドイツ人読者と手紙をやりとりすることは、レーヴィ自身が望んだことだった。その結果、なるほどドイツ人からの「誠実で一般的な改悛の念や連帯感の表明」に接することはできたが、それでは満足できなかった。

ドイツ人読者は、「ドイツ人」とは誰のことでしょうか、はたして自分は「ドイツ人」でしょうかと、逆に手紙で問うてくるのだ。

それでは、あの「ドイツ人」たちは、きれいさっぱり、どこかへいなくなってしまったとでもいうのだろうか。もはや存在しない者は理解することも裁くこともできないというのか。そんなはずはない。あなたがたは無関心や、好奇心や、侮蔑や、底意地の悪い喜びを抱きながら、シナゴーグの焼き打ちや、泥道にひざまずかされて辱めを受けているユダヤ人を見ていたではないか。あなたがたは「臭いユダヤ人」という言葉を屈託なく口にし、飢えている者の目の前で平然とジャムつきパンを食べていた、あの人たちではないか。たとえあなた自身がそうでなかったとしても、あなたの家族、隣人、教師、同僚や上司がそうだったではないか……。

いまになってドイツ人は、「ドイツ人」というのは実体のともなわない観念にすぎないと解説してみせる。罪は「ドイツ人」総体にではなく、ヒトラーやアイヒマンや、その他特定の個人にあるのだと声高に主張する。あるいは、罪は「ドイツ人」にではなく「人間」そのものにあるのだと、重々しい調子で高説を垂れる。

そうしたもの言いのひとつひとつは、うんざりするほど当たり前なのだ。だが、誰が、誰にそれを言うのか。自らがナチズムと闘い犠牲も払ったごく少数の例外的なドイツ人がそれを言う場合を除いて、被害者の耳には、それは責任回避のレトリックにしか聞こえないであろう。

責任回避でないことを証明するためには、ドイツ人自身が血を流すほどの努力をもって、あの想像を絶する逆ユートピアを地上にもたらすことにつながった「伝統、慣習、歴史、言語、文化の総体」を自らの手で解剖し、それをつくりかえて行くしかないではないか。

レーヴィの熱心な読者で、のちに文通友達になったドイツ人女性が、一九六六年に禁固二十年の刑期満了を迎えて釈放されたアルベルト・シュペーアに会い、彼にレーヴィの著書を手渡したことがある。シュペーアはニュルンベルク戦犯裁判の被告としては唯一、自己の罪を認め前非を悔いる姿勢を示した人物だった。レーヴィは文通友達に苛立った手紙を書いた。「何があなたをシュペーアに会いにいかせたのですか? 好奇心? 義務感? 使命感?」

文通友達からの返事には、自分の見るところシュペーアは過去を歪曲するような人物ではない、自分の過去に苦悩している、彼は自分にとって「鍵」になった、彼はドイツがおちいった精神異常のシンボルなのだ、と書かれていた。その手紙が「シュペーアはあなたの本を読んでみると約束した、その反応をあなたにもお知らせするつもりです」と結ばれているのをみたとき、プリーモ・レーヴィは少なからず恐慌をきたしたようだ。

——ほっとしたことに、その反応は届かなかった。もし、(文明人の間の慣習として) アルベルト・シュペーアに返事を書かなければならなくなっていたら、私は何か困ったことになっていただろう。――
レーヴィ自身が、かつてこう述べていたではないか。

（"The Letter from Germans"）

おそらくああした出来事は理解できないもの、理解してはいけないものなのだろう〔強調原著者〕。なぜなら、「理解する」とは、「認める」に似た行為だからだ。つまり、ある人の意図や行為を「理解する」とは、語源学的に見ても、その行為や意図を包みこみ、その実行者を包みこみ、自らをその位置に置き、その実行者と同一化することを意味する。ところが、普通の人はだれ一人として、ヒットラー、ヒムラー、ゲッベルス、アイヒマン、といったものたちとの自己同一化ができない。この事実は私たちをとまどわせると同時に安心させもする。というのは、彼らの言葉が（残念ながら彼らの行為も）理解できないことが、おそらく望ましいからだ。（中略）ナチの憎悪には合理性が欠けている。それは私たちの心にはない憎悪だ。人間を超えたものだ。

（「若い読者に答える」『アウシュヴィッツは……』）

シュペーアはヒトラーのおかかえ建築家から、第三帝国の軍需大臣にのし上がった人物である。第三帝国における囚人労働搾取の張本人でもある。彼はまさしくヒトラー、ゲッベルス、ヒムラー、アイヒマンたちの同類であった。それらは、いつでも「理解」の外にあった。人間の理性を超えた怪物であるべきだったのだ。その怪物が、自分自身や、他の普通の人々と同じ人間性を備えていたとしたら、そのことを認めざるを得ないとしたら、どうなるのか……。

答えは謎のまま残された。シュペーアは、そのときすでに、レーヴィの著書を読んで返事をするには耄碌しすぎていたのである。

「理解」への激しい欲求と苛立ち、そして、「理解」への怖れと拒絶。この引き裂きが、理性の人プリーモ・レーヴィに、死の瞬間まで苦悩を与え続けた。「ドイツ人」を理解しようとする試みは、プリーモ・レーヴィにとってディスコミュニケーションの深い裂け目にはまり込んでしまったような、まさしく心身を削られる作業であっただろう。私には、そのことがよくわかる。

レ・ウンベルト街

午前中の霧は晴れたが、空は薄く曇っている。路面電車の窓ガラスに時おり水滴がぽつぽつとつくところをみると、目には見えないほどの細かい雨が降っているらしい。この季節に雨とは、土地の人にとってはきっと異例の暖かさなのだろう。だが私にはかえって、骨にじわりと寒気がしみる、いやな天候だ。

地図をにらみ、このあたりと思ったところで路面電車を降りた。レ・ウンベルト街は広く立派な大通りだった。パリのシャンゼリゼ通りから華やかさを取り去ったような感じ、といえばいいだろうか。ナタリア・ギンズブルグの一家が住んでいたのも、エイナウディ出版社があったのもこの街なのだ。

街路の両側に四、五階建てのアパートメントが連なっている。アパートといっても、いずれも破風や柱頭のところにアールヌーヴォー様式の装飾がほどこされていて、前世紀末から今世紀初頭にかけて建てられたことをうかがわせる。華美でなく軽薄でもなく、いかにも堅実な中産階級が住む街という印象である。街の風景そのものが過去一世紀の間、さほど変化していないに違いない。

南北に通る路の西側が偶数番地、東側が奇数番地になっている。建物の玄関にある番地の表示を確かめながら、東側を歩いていくと、ものの五、六分で苦もなく目的地に到達した。

レ・ウンベルト街七十五番地。周囲の雰囲気とよく調和した、どっしりと重厚な建物である。プリーモ・レーヴィは一九一九年にこの家で生まれた。子供の頃は、いつも計算尺を手放さない父に連れられて、日曜日ごとにここからポー街に住む祖母に会いに通った。ここからトリノ大学に通い、アウシュヴィッツからここに生還した。ここから化学工場に出勤し、ここで『アウシュヴィッツは終わらない』などの作品を書いた。そして、ここで自殺したのである。

彼の人生は、アウシュヴィッツでの虜囚の時期を除いて、ほとんどがこの場所を中心に営まれた。ドイツや東欧のユダヤ人たちが住み慣れた土地を永久に追われ、戦後も帰郷することなくアメリカやイスラエルをはじめ全世界に離散することになったのとは、大きな違いである。

レ・ウンベルト街の生家に、プリーモ・レーヴィは特別な愛着を抱いていた。死の前年、彼は、「わが家」（"My House"）と題する短いエッセーを書いている。（*Other People's Trade*）

「不本意な中断」の時期を除いてつねに生家で暮らしてきたので、自分の人生は「定着性人格の極端なケース」を表わしている、と彼はいう。「決して満たされない旅への愛」を自分が抱いているのも、作品に旅の場面が頻繁に現われるのも、おそらくそのためだ。レ・ウンベルト街で暮らした六十六年の後では、外国や他の都市ばかりか、同じトリノ市内の別の地域ですら、実際にそこで生活することが何を意味するか想像もつかないほどなのだ。

彼の家は「特徴がないことによって特徴づけられる」。戦争中の爆撃にも軽い損傷を受けただけで生きのびた。それは「生活するための器械」であり、「生きるために必須のものはほとんどすべて備えているが、余分なものは何もない」のである。

彼はこの家に、あたかも長年ともに暮らした人にもつような「深いつながり」を感じていた。もしそのつながりが破壊され、もっときれいで、モダンで、快適な家に移ることになっていたら、まるで追放されたように、あるいは、なじみのない土壌に移植されたプラタナスの木のように、ひどく苦しんだことだろう。

一家の生活の記憶が室内の隅々に宿っている。

入り口をはいった右手の隅は五十年前に傘立てがあった場所だ。そこに、帰宅したプリーモの父が、雨の日にはしずくの垂れる傘を立て、晴れの日には散歩用のステッキを立て掛けた。そこにはまた、二十年間にわたって蹄鉄がひとつ、魔よけのお守りとして掛けられていたし、それからさらに二十年間、誰も使い途を知らない大きな鍵が釘からぶら下がっていた。

壁とクルミ材のたんすとのすき間は、隠れんぼに絶好の場所だった。幼い頃、プリーモはここに隠れていてガラス器に膝をつきケガをしたことがある。その傷は左膝に残っている。三十年後、プリーモの娘がそこに隠れたが、笑ってしまったためにすぐに見つかった。さらに八年後には、今度は息子が友だちといっしょに隠れたのだが、うち一人の乳歯がそこで抜け、その子は何かのおまじないのため抜けた歯を壁土の穴に突っ込んだ。その歯は、まだそのままそこにあるだろう。

右手にさらに進むと中庭に面した部屋のドアがある。その部屋は何十年間にわたって、いろいろな用途に供されてきた。いちばん古い記憶では、そこは居間で、プリーモの母が年に二、三度、そこで大切な客を迎えていた。それからその部屋は、住み込み女中の部屋、父の事務室、さらに戦争中は爆撃で家を破壊された親戚や友人たちの宿舎がわりになった。戦後は、プリーモの二人の子供たちがそこで遊び、眠った。その後、その部屋は写真を現像したり、ミシンを使ったり、玩具を作ったりする多目的の実験室になった。他の多くの部屋も、同じようにいろいろと変遷をたどってきた。……

エッセーは次のように結ばれている。

——まるで自分の皮膚の内側で暮らすように、私はこの家で暮らしている。もっときれいな、もっと広い、もっと頑丈な、そしてもっと絵になる皮膚があることを私は知っている。

だが、それと自分の皮膚とを交換したとしても、私にはどうにも不自然に思えることだろう。プリーモ・レーヴィがアウシュヴィッツから生還した時、暮らし慣れた街並み、生まれ育った家、家族や隣近所の人々の様子も、おそらく以前と少しも変わらなかったことだろう。「皮膚」にたとえるほどなじんだ生家である。その家に帰還したプリーモ・レーヴィは深く安堵したに違いない。だが、同時に彼は、心の奥底でとらえどころのない焦燥と苦悩を感じ続けていたのではないだろうか……。

そこには妹と、だれだか分からないが、私の友人と、ほかに人がたくさんいる。みな私の話を聞いている。(中略)自分の家にいて、親しい人々に囲まれ、話すことがたくさんあるのは、何とも形容し難い、強烈で、肉体的な喜びだ。だがだれも話を聞いていないのに気づかないわけにはいかない。それどころか、まったく無関心なのだ。私など存在しないかのように、自分たちだけで、他のことをがやがやとしゃべっている。妹は私を見て、立ち上がり、何も言わずに出てゆく。

するとの中にひどく心細い悲しみが湧いてくる。幼い時に味わった、ほとんど記憶に残らないような悲しみだ。(中略)

なぜこんなことが起こるのだろう? なぜ毎日の苦しみが、夢の中で、こうも規則的に、話しても聞いてもらえないという、いつも繰り返される光景に翻訳されるのだろうか?
(『アウシュヴィッツは……』)

ここでプリーモ・レーヴィが述べているのは、帰還後の実体験ではない。まだ収容所にいた時に、繰り返し毎晩のようにみた悪夢なのだ。帰還を渇望する夢ではなく、帰還後の恐ろしい孤独と苦悩を予見する夢なのである。しかも、彼だけでなく、囚人のほとんど全員が同じような夢をみたというのだ。

——あそこではこんなふうだったんだよ、と生き残りが語る。

すると、懐かしい家族や友人たちはやさしく答える。

——すごいね、ひどいね、大変だったね。

しかし、会話はすぐに接穂《つぎほ》を失ってしまう。聞き手たちの態度はうわの空になる。次の瞬間には、家族や友人はこんなことを言い始めるのだ。

——ところで今夜の食事は何にする? 明日からどうやって暮らしていくつもり? そろそろ社会に復帰することを考えなきゃ。

社会だって? ……

アウシュヴィッツ以後も、人間の社会は続いている。それは、大きな救いであるはずだ。プリーモ・レーヴィは、トリノの生家に帰還した。化学工場に就職することもできた。一生をともにする女性にも出会った。アウシュヴィッツでの経験を文章に書くことで、心の平安を得ることもできた。

ジャン・アメリーやエリ・ヴィーゼルの場合とは異なり、生家に帰還し家族や友人に温かく迎えられたプリーモ・レーヴィの場合は、きわめて幸運な例外なのだ。しかし、私は想像するのだが、社会が以前と変わらず続いているというそのことに、彼は、ぎこちない思いを、もっと言えば不安を、抑えることができなかったであろう。

プリーモ・レーヴィの人生における「むこう側」での二年足らずの期間は、絶対的な「断絶の経験」というべきものだった。「人間」の社会が決定的にひび割れていることを、彼は知ってしまったのだ。「むこう側」であんなことがあったというのに、そして、それはまたいつでも起こり得るというのに、なぜ「こちら側」では万事もとのままに続いているのだろう?

プリーモ・レーヴィはトリノの自宅に帰り着いた後も、繰り返し悪夢をみた。アウシュヴィッツからの帰還の旅を描いた小説『休戦』の末尾は、その悪夢の記述で結ばれている。

私は家族や友人と食卓についていたり、仕事をしていたり、緑の野原にいる。要するに穏やかで、くつろいだ雰囲気で、うわべは緊張や苦悩の影もない。だが私はかすかだが深い不安を感じている。迫りくる脅威をはっきりと感じ取っている。(中略)私はまたラーゲルにいて、ラーゲル以外は何ものも真実ではないのだ。それ以外のものは短い休暇、錯覚、夢でしかない。家庭も、花咲く自然も、家も。こうした夢全体が、平和の夢が終わってしまう。するとまだ冷たく続いている、それを包む別の夢の中で、よく知っている、ある声が響くのが聞こえる。尊大さなどない、短くて、静かな、ただ一つの言葉。それはアウシュヴィッツの朝を告げる命令の言葉、びくびくと待っていなければならない、外国の言葉だ。「フスターヴァチ」、さあ、起きるのだ。

フスターヴァチとは、ポーランド語で「起床」の意味である。アウシュヴィッツの囚人たちは唯一のはかない休戦期間としての睡眠を、この無慈悲な声によって奪い取られるのだ。アウシュヴィッツから解放された後の八ヵ月は束の間の「休戦」でしかなかったのである。脅威は過ぎ去っておらず、闘いはすぐにも始まるだろう。「ラーゲル以外は何ものも真実ではないのだ」。だから、語らねばならない。証言しなければ。

「むこう側」での経験は理解を超えたものだった。というより、自分自身でも理解したくない経験だった。生き残りたちは、それを「こちら側」に伝えることを運命づけられたのだ。

プリーモ・レーヴィは、生き残りは二種類に分けられると語っていた。第一は、忘れたいと願いながら、強制収容所の「悪夢に責めさいなまれているものたち」、あるいは、「うまく忘れることができて、すべてを遠ざけ、ゼロから生き始めたものたち」だ。他方、第二の種類の生き残りにとっては、「思い出すことは義務である。彼らは忘れたいなどとは思わないし、特に社会が忘れ去ることを警戒している」。レーヴィ自身は、もちろん、自分を第二の種類と規定していた。彼は「判事より、証人でありたい」と述べた。「自分が見て耐え忍んだことを、証拠として持ち帰る」ことが自分の「義務」だったと繰り返している。(『アウシュヴィッツは……』)

だが、理解できないものを他人に伝えることなど、はたしてできるだろうか?

プリーモ・レーヴィの死をめぐって私が読んだ幾つかの記事の中で、いまも心に強く残っているのはフランク・シルマッヒャーという人物の「誰もがカインである」と題する文章である。雑誌『みすず』(一九九一年七月号)に翻訳された記事をたまたま見たのだが、もとはドイツの新聞『フランクフルター・アルゲマイネ・ツァイトゥンク』(一九九一年二月十六日)に載ったものだ。

後になって報告できるように、苦悩に耐えよ。これが、文学の最も厄介な最も疑わしい命題のひとつである。パイアーケス人の前で涙するオデュッセウスは、彼の不幸が後世の人間にとっては物語の題材として役に立つのだと彼らによって慰められる。彼にとって不幸であったものが、未来の人間には歌となる。殺された者たちの運命について後から語ることができるように、生き延びなくてはならないというのだ。(中略)他者に報告するために、苦悩のなかに意味を見いだすために、苦悩、拷問、尊厳の喪失に耐えるのだ。文学のこうした中心的な宥和的な定式がグロテスクな誤解であるということ、イタリア生まれのユダヤ人プリーモ・レーヴィの年代記のなかで表現されているのはそのことである。

プリーモ・レーヴィは『神曲』を暗誦して囚人仲間を励ました。オデュッセウスを想起することで苦難に耐えた。「体験し、耐え忍んだことを語るために生きのびるのだ、というはっきりした意志」が彼を支えた。

私自身も、ある意味ではそうだった。私の場合、苦痛を受けているのが私自身ではなかったという点では、大きな違いはあるのだが。

大学三年生になったばかりの春、新聞の報道で兄たちの逮捕を知った時。裁判の傍聴に韓国へ出掛けた両親が帰宅するなり、「あの子、焼け焦げて耳もあらへん」と床を叩いて号泣した時。兄たちが拷問を受けているというのになすすべもなかった時。延々と長期化するハンストに兄の死を覚悟せざるをえなかった、あの時……。拷問を受けていたのは私ではなかった。死の鉤爪にとらえられようとしていたのは私自身ではなかった。だが、暴力と死の生々しい気配が私の身辺を満たしていた。最も凄惨な、最も救いのない破局がいまにも襲うことをつねに思い描きながら、息を詰めるように一日一日をやり過ごしていた。空気の薄い地下室に放り込まれたような日々が十年、十五年と続いた。

あの日々、私は、両目をしっかりと開けて運命の成り行きを見届けることを、繰り返し自分に命じていた。「殺された者たちの運命について後から語る」ために、である。オデュッセウスの物語、そしてプリーモ・レーヴィの物語が、私にとって、あの日々を耐えるための規範となったのだ。

それが、「グロテスクな誤解」だったというのか？

収容所でプリーモ・レーヴィを毎晩苦しめた悪夢は現実のものになった。「こちら側」に生還してみると、人々はオデュッセウスの話に耳を傾けようとしないのだ。「地獄はもはや宗教的信念や夢想ではなく、家々や石や木々のように現実的なものだといったところで、誰だってそんな話は聞きたがらない」のである。（ハンナ・アーレント『パーリアとしてのユダヤ人』）

「アウシュヴィッツによって多くのものが変わったが、証人のカテゴリーも同じく変わった」と、シルマッヒャーは指摘している。

ある親衛隊員は、強制収容所に関する真実はどのみち誰にも信じてもらえないだろうと、囚人たちを嘲笑していたという。その嘲笑は、ある程度は的中した。計画的な証拠湮滅もあった。加害者のしぶとい否認もある。それより何より、実際に行なわれたことのあまりの信じ難さが親衛隊員の嘲笑に味方するのだ。「ガス室で数百万人も虐殺しただって？　ほんとかね……」。

一九九二年八月に、歴史上初めて、自分は日本軍「慰安婦」だったという生き証人が現われた。韓国の金学順《キム・ハクスン》である。「『慰安婦』は業者が連れ歩いていたもの」という日本政府の国会答弁を知って、そうした虚偽が事実として定着することを黙って見ていられなかった、と彼女は記者会見で語った。

その時の私の感情を正直に記すと、被害者が不必要に肌身をさらさせられる、そこまでしなければならないのか、という苦い思いだった。自分自身の母か祖母が証人席に立たされるような、痛々しさを覚えた。加害者が事実を認めさえすればここまでしなくともよかったのに、という憤りもあった。いま思えば、この感情には、生き証人の女性ひとりひとりの、自己の尊厳回復のために闘おうとする主体性を軽視していた面があったことは否定できないのだが。

金学順以後、韓国だけでなく北朝鮮、台湾、中国、フィリピン、インドネシアなど、かつて日本軍の侵略や軍事占領をうけたアジアの各国、各地域から、日本軍による戦争被害者が次々に名乗り出てくることになった。私は一時、とにもかくにも生き証人が現われた以上、もはや事実を否定し続けようとする者はいなくなるだろうと思ったこともあったが、それは甘い考えだった。

生き証人たちが現われたこと、および日本国と軍の関与を示す証拠資料が発見されたことによって、日本政府は従来の公式見解を改め、あいまいにではあれ「慰安婦」制度の「強制性」を認めたが、それでもなお国家の法的責任を認めず、公式謝罪にも補償にも応じようとしていない。それだけではない。日本人の誇りを守ると称する人々が教科書から「慰安婦」に関する記述を削除せよと声高に要求し始めた。「金ほしさ」に嘘をついているのだ、そうでなければ証拠を出してみろ——生き証人たちはそんな侮辱にさらされることになった。面白半分の者も含めて多数の日本人がこの粗野な声に同調し、さらに多くの日本人たちが冷たい無関心を決め込んでいる。

二十世紀は帝国主義侵略、植民地支配、なかんずく二度の世界戦争を経験した未曾有の政治暴力の時代であった。犠牲者の総数は一億七千万人にものぼるといわれる。そして現在、このような暴力の記憶そのものが暴力にさらされている。

プリーモ・レーヴィのようなアウシュヴィッツの生き残りも、金学順たち元「慰安婦」も、ともにこの暴力の世紀を生き延びた貴重な証人なのである。だが、証人たちは、自分自身の理解をも超え、表現可能性を超えた経験を証言しなければならない。理解不能の経験を理解し、表現不能の状況を表現し、伝達不能の想念を伝達するという本来的に不可能な務めが、不条理にも、証人たちに課されるのだ。

そして、いつしか証人たちは、不当な疑いや無関心の眼差しに囲まれて孤立している自分を見いだすのである。

「なぜ?」「ほんとう?」「とても信じられない……」

無神経な問いの数々。そうとも、それは信じられないのだ。信じられない出来事が引き起こされたのだ。彼ら、彼女らはその信じられない出来事の犠牲者なのだ。あなたがたを信じさせる義務が、犠牲者に課されねばならないというのだろうか。

物語ることができるように、苦しめというのか。弁明し証言せよというのか。「この極度の辱めを受けた人間たちから、法律的な意味での証言を期待することはできない。期待できるのは、嘆き、呪い、償いと弁明の努力や自己の尊厳を再び獲得しようとする努力との間に横たわっている何かなのである。」こうした言葉の喪失、沈黙、そして嘆きと呪いとが混じり合ったもの、これらを伝承の最も内的な核心だと読者は認識しなければならない。

(「誰もがカインである」)

証人がいないのではない。証言がないのではない。「こちら側」の人々が、それを拒絶しているだけだ。グロテスクなのは「こちら側」である。

私たちがいま生きているのは「人間」という理念があまねく共有された単純明快な世界ではない。断絶し、ひび割れた世界だ。ここでは「人間」という言葉は、断絶を覆い隠す美辞麗句でしかない。それでもなお、断絶の深みから身を起こした証人たちが、「人間」の再建のために証言しているのだ。だが、「こちら側」の人々は保身や自己愛のために、浅薄さや弱さのために、想像力の貧しさや共感力の欠如のために、証人たちの姿を正視せず、その声に耳を傾けようとしないのである。

ジャン・アメリーもプリーモ・レーヴィも自殺した。金学順は一九九七年十二月十六日に亡くなった。暴力の世紀の生き証人たちは全世界で次々に死につつある。

オデュッセウスの死

レ・ウンベルト街七十五番地のアパート前に私は立っている。背の高い木製の扉は几帳面に閉ざされている。内部の様子は窺い知れない。試みに把手を回してみたが、やはり鍵がかかっていた。ヨーロッパの集合住宅はどこもそうだが、扉の横のインターフォンで内部の住人を呼び出して開けてもらわなければ、訪問者は中に入ることができないのである。インターフォンの呼び鈴の列を眺めると、Ｐ3のところ（日本では四階にあたる）の小さな表札には〈LEVI Primo〉と表示されていた。

「表札まで……」

プリーモ・レーヴィの死後九年の歳月が経っていた。それなのに、表札までそのままなのだ。おそらく室内も生前のままに保たれているのだろう。そこには、あの老いた夫人がひとりで暮らしている。いま、インターフォンの小さなボタンを押せば、その部屋に通じるのである。

「もしもし、私は先日、フィレンツェからお電話した者です。ご記憶でしょうか？　プリーモさんのお墓に行ってきたところです。ちょっとだけ、ご挨拶がしたくて参りました……」

呼び鈴を押して、そう言うべきだろうか。ひょっとすると東洋からの珍しい訪問者を喜んで迎えてくれるかもしれない。室内を見せてもらったり、興味深いエピソードを聞かせてもらったりできるかもしれない。折角ここまで来たんじゃないか、ぜひ試してみるべきではないか。

そう思ったが、できなかった。

I am very alone. I can't receive anyone. ……

電話で聞いた、しわがれた声がよみがえっていた。彼女はあえて自らの意思で時間の流れを止めているのだろう。追憶、疑念、焦慮がせわしなく交錯する、凍りついたような孤独の時間こそが彼女の友なのだ。それをかき乱す、いかなる名分も自分にはない。


それでもすぐには立ち去り難くて、離れたところから建物を眺めていると、時おり住人らしき人たちが出入りしているのに気がついた。住人が出入りするタイミングに合わせると、住人と一緒に扉の中に入ることができるのだ。

しばらくして次の住人が帰ってきた時、その思いつきを実行した。

内部はちょっとしたホールになっていて、右手に階段室があった。狭い階段室の床には、この国ではそういう慣習なのだろう、もう一月だというのに子供の背丈ほどのクリスマスツリーが置かれていた。ユダヤ人である自分の家庭ではクリスマスツリーは飾らなかったと、プリーモ・レーヴィは回想しているが、彼が子供だった頃から、この階段室にツリーを飾る習慣があったのだろうか？

ちょうど、そのツリーが置かれているあたりだろう、四階から落ちてきたプリーモ・レーヴィの体が叩きつけられたのは。

小さなツリーを、ぐるりと螺旋階段が取り巻いている。深い穴の底から天を見上げるように、首を曲げて螺旋階段を見上げてみた。上の方は暗くてよく見えない。

毎朝毎夕、この深い穴のようなところを彼は昇り降りしていたのだ。そのたびに、宙空に身を投げたいという執拗な衝動を感じていたのだろうか？　そして、ある春の日、ふと、長年の衝動に身を委ねることを自分に許したのだろうか？

どさっという鈍い衝突音が聞こえるようだ。悲鳴もあげず、うめき声も漏らさないままの、一瞬の出来事だっただろう。冷たい床に投げ出された痩せた老人の体は、首や四肢がてんでばらばらに折れ曲がって、まるで案山子《かかし》のようだっただろう。

レジスタンス闘争の時も、アウシュヴィッツでも、死はあれほどまで身に迫りながら、いつもきわどいところで彼のそばをすり抜けていった。彼もまた死に抗い、打ち勝ってきたのだ。

それなのに……。

ブーヘンヴァルト収容所に二年間、囚われていたことのある作家のホルヘ・センプルンは、ラジオニュースでレーヴィの自殺を知った瞬間、「全身全霊が震え」たと書いている。収容所から生還して以来、センプルンは「死から遠ざかりながら」生きていた。死は過去にあり、一日たつごとに遠くなっていった。ところが、レーヴィの自殺が「視点をひっくり返した」。

ぼくには死がふたたびぼくの未来、未来の地平の彼方にあることが分かったのだ。

（中略）

なぜ彼は書くことが彼に返したと見えた平穏を失ったのか？　彼の記憶に何が起こったのだろう、あの土曜日、どんな異変が？　なぜ突然、彼にその思い出の残酷さを引き受けることが不可能になったのか？

最後に救いも薬もなく、ただたんに、苦悶が課せられたのだ。

（『ブーヘンヴァルトの日曜日』）

理性の人、証人として生きる義務を自らに課していた人、つねに生を肯定していた人、静かな楽観主義者、プリーモ・レーヴィ。

その彼までが、ついに死の鉤爪に捉えられたのだ。

なぜなのだ？　……

プリーモ・レーヴィは一九四七年、『アウシュヴィッツは終わらない』初版の序文に、「ラーゲルとは、ある世界観の論理的発展の帰結なのだ。だからその世界観が生き残る限り、帰結としてのラーゲルは、私たちをおびやかし続ける。であるから、抹殺収容所の歴史は、危険を知らせる不吉な警鐘として理解さるべきなのだ」と書いた。

「若者たちに」という一九七二年版への文章では、「安心するのは早すぎたのではないか」と述べて、ギリシャ、ソ連、ベトナム、ブラジルに強制収容所が存在し、あらゆる国に監獄、少年院、精神病院といった「人間から名前、尊厳、希望を奪う施設」が存在すると指摘し、ブレヒトの「この怪物を生み出した子宮はいまだ健在である」という言葉を引いている。

一九八六年に出版された最後の著書『溺れるものと救われるもの』では「ナチズムの出現以降、すべてが変わった」と述べている。「ひとつの民族と文明を破壊することは可能であることが証明された」のだ、と。ベトナム戦争、カンボジアの自民族大虐殺、フォークランド戦争、イラン・イラク戦争、アフガニスタン内戦……プリーモ・レーヴィがそこに挙げている愚行と流血のリストは、彼がもう少し長く生きていたら、旧ソ連やユーゴスラビアの内戦、湾岸戦争、ソマリア、ルワンダ、ザイールなどアフリカ諸国の内戦、アルジェリアでの自民族虐殺などが付け加えられて、ますます長大なものになっていただろう。

恐怖と残酷さの連鎖は果てしなく循環して拡がっていく。「人類はよくならなかった」のである。彼の不安と焦慮は最期の時まで休まることがなかった。

プリーモ・レーヴィはその作品のみをみる限り、イスラエル国家の評価についてきわめて寡黙である。ただ一九八二年出版の長篇小説『今でなければ　いつ』だけが、シオニズムとイスラエル建国という問題に対する彼の姿勢をうかがわせる。この小説は大戦末期、ソ連とポーランドのユダヤ人パルチザンが孤独で凄絶な闘いを続けながらポーランドとドイツの戦線を横断するという、旧約聖書の出エジプト記を連想させる物語である。レーヴィは実際にそのような経験をした友人の話に触発され、自分にとっては未知のものであったロシア・東欧のユダヤ人の文化を詳しく調べてこの小説を執筆した。

大戦中、故郷も家族も失った東部戦線のユダヤ人パルチザンは、ナチス・ドイツとだけでなく、反ユダヤ主義が色濃いウクライナ人やポーランド人の敵意とも闘わなければならなかった。彼らには帰るべき国はない。主人公のリンはパレスチナの地にユダヤ人にとっての一種のユートピアを求める女性シオニストだが、おそらくレーヴィの心情を投影していると見られるもう一人の主人公メンデルは、彼女に従いながらも懐疑主義的冷静さを保ち続ける。物語はパルチザンのグループがイタリアのミラノにたどり着き、ユダヤ人救援機関の保護下にはいるところで終わっている。彼らがイタリアからパレスチナに渡ってからの物語は、ついに書かれなかった。

レーヴィのイスラエル国家に対する考え方がどのようなものであったか、私たちにある程度の手がかりを与えてくれるのは、一九九六年にフランスで刊行されたミリアム・アニシモフ著の『プリーモ・レーヴィ——あるいはある楽観主義者の悲劇』（*Primo Levi —— ou la tragédie d'un optimiste*）と題する評伝である。

アニシモフは、レーヴィが「ユダヤ教の信者でもシオニストでもなかった」ことを考えると、『今でなければ　いつ』の主人公たちの描かれ方は「かなりの謎」だと述べている。

アニシモフが引用している、次のようなレーヴィの発言は示唆的だ。

イスラエルの大地と私の関係は、感情的で個人的な理由から、普通の関係とは言えません。イスラエルは、収容所で私とともに暮らした人々が作った国家です。私の仲間、親しい人たちの国なのです。彼らは統計的には三百万人中の二十人あまりにすぎませんが、この二十人は私といっしょにアウシュヴィッツにいた後、彼らの祖国、彼らの大地を見いだした人々です。イスラエルがいつか消滅させられるかもしれないという考えは、私にとっては受け容れがたい考えであると申し上げたいと思います。

レーヴィ自身は戦後パレスチナに移民してイスラエル国家建設に参加する選択をしなかった。彼はアウシュヴィッツから生還してイタリアに自らの祖国、家、家族を再発見したからだ。その一方で、アニシモフによると、自分の故国で憎まれ、すべてを失った東欧のユダヤ人が「約束の地」に向かうことができるのは当然のことと彼は考えていた。レーヴィは、イスラエル国家は家族を殺され故郷の共同体を破壊されたユダヤ人、それもアウシュヴィッツの地獄をともに生き抜いた彼の仲間にとってのかけがえのない「避難所」だと考えていた。

しかし、レーヴィを含むかなり多くのユダヤ人知識人たちのこのような考えにも、深い亀裂がはいる時がきた。いや、もともとあった亀裂が否応なくさらけだされる時、というべきかもしれない。『今でなければ　いつ』が刊行されたのと同じ一九八二年の六月、イスラエル軍がPLO（パレスチナ解放機構）の軍事拠点を叩くという名目でレバノンに進攻したのである。この進攻作戦には国際社会とイスラエル国内の左派から非難の声が上がった。プリーモ・レーヴィもまた、ナタリア・ギンズブルグらとともに、ユダヤ人と非ユダヤ人あわせて百五十人による「イスラエル軍のレバノン撤退を求めるアピール」に署名した。この「アピール」は「イスラエルの民主主義の運命は、パレスチナ民族との平和および相互承認というパースペクティヴに全面的に結びついている」として、「この地域の全民族の主権と民族的安全の権利が認められるような紛争の解決」を主張している。

レーヴィは、イスラエル国家が自分たちの願いのうちにあったユダヤ民族の避難所というイメージとは逆に、「軍事的方向へ、未熟なやり方のファシズム的方向」へ変化していること、「ユダヤ文化のインターナショナリズム的側面」にかわって「攻撃的意味でのナショナリズム」が強まっていることに危機を感じたのだ。彼はいう、「私たちはまず第一に民主主義者、第二にユダヤ人、イタリア人、その他であるべきです」。

「アピール」が同年六月十六日の『ラ・レプブリカ』紙に発表されると、レーヴィのもとに、イタリアのユダヤ人たちから、イスラエルが困難に陥っている時に批判的立場をとるのはおかしいという非難が殺到した。イスラエルにいる友人の何人かが「この間に流されたユダヤ人の血に盲目だ」と非難する「刺すような手紙」を送ってきた。

その一方で、反イスラエルの側からの非難もまたレーヴィをみまった。『今でなければ　いつ』の紹介のために開かれたある集会で、二人のパレスチナ人がレーヴィがイスラエルに好意的だと抗議したため、本の紹介ができなくなるという事態も起こった。

かつてのユダヤ人の悲劇と現在のパレスチナ人の悲劇を比べて論じる反イスラエル側の論法に対しては、レーヴィは「誇張されすぎだ」と反論した。「ヒトラーが《最終的解決》と呼んだものと、イスラエル人たちが今日引き起こしている多かれ少なかれ暴力的で恐ろしい出来事とを同一視することを私は拒否する」。

こうして心を千々に引き裂かれたレーヴィは、「私は、私の名前がこの戦争に結び付けられるのをもう望まない」と述べて、公式発言を拒むようになった。

レバノンでは戦闘が長期化したが結局ＰＬＯは屈服を強いられ、八月十六日にベイルート撤退を声明、九月三日にはアラファト議長がチュニスに移った。そして、その後、九月十五日にイスラエル軍が西ベイルートを占領した翌日、パレスチナ難民キャンプで親イスラエル派民兵による無差別大虐殺が繰り広げられたのである。ＰＬＯの発表では犠牲者数は三千二百人以上にのぼる。ワルシャワ・ゲットーや東部戦線の大量射殺を容易に連想させるこの出来事を、レーヴィはどう思っただろうか。そのコメントはない。

プリーモ・レーヴィは「われわれの誰もが、隣人の場所を奪い取ってその代わりに生きている」と、つねに根源的な問いを自分自身に投げかけてきた人物である。そうであるだけに、イスラエル国家がその隣人にとり続けている態度は、彼の良心に刺さったトゲであっただろう。一九八二年のレバノン進攻と大虐殺は、トゲの疼きを危機的な水位にまで高めたかもしれない。

さらに気の滅入る出来事が起きた。一九八六年の初夏から、つまりプリーモ・レーヴィの自殺の前年から、西ドイツで、のちに「歴史家論争」と呼ばれることになる論争が始まったのだ。「ガス室はなかった」などという荒唐無稽なアウシュヴィッツ否定論(ネガショニズム)は、戦後すぐからヨーロッパ社会の一角でしぶとく語り続けられてきた。西ドイツでは、ナチスによる犯罪を否定する発言は、犠牲者への侮辱であるという理由で、一九八五年以来、刑法上の処罰の対象となっている。このことは逆にみれば、法律による規制が必要なほど、その種の発言があとを絶たない現実があるということでもあろう。それに加えて今度は、「アウシュヴィッツ」を正面から否定することはしないものの、ある種の学問的ポーズをとって、その罪を相対化しようとする修正主義(リヴィジョニズム)の論議が公然と起こったのだ。

この論争は、エルンスト・ノルテとアンドレアス・ヒルグルーバーに対するユルゲン・ハーバーマスの批判から始まり、アカデミズムの範囲を超えて国民的広がりをもつことになった。その詳細な内容は、日本では『過ぎ去ろうとしない過去——ナチズムとドイツ歴史家論争』によって知ることができる。

ノルテは、「第三帝国の歴史もまた、今日、戦後三十五年の時点で、修正（Revision）を必要としているのではないか？」と問いかけ、歴史修正主義の旗を高々と掲げた。

過去が過ぎ去ろうとしないことに不快の念を表わし、もう「終わり」にして、ドイツの過去を原則的にもはや他の国の過去と異ならないものにしたいと思っているのは、果たして日常生活のなかの「実際のドイツ国民」の頑迷さだけなのだろうか。（『過ぎ去ろうとしない過去』）

ノルテは、「『ドイツ人の罪』について論及することは、ナチスの主要論拠だった『ユダヤ人の罪』について語ることと類似性をもっていることを、われわれはあまりにも故意に見過ごしてきた」と述べた。つまり、現実に未曾有の大虐殺を実行してのけた「ドイツ人の罪」と、偏見の産物でしかなかった「ユダヤ人の罪」という妄想とを同列に並べてみせ、「ドイツ人側からなされる『ドイツ人』への有罪宣告は、誠実なものではない」と断言したのだ。そしてまたノルテは、次のようなレトリックを駆使してみせた。

ナチスが、そしてヒトラーが「アジア的」蛮行に及んだのは、もしかするとひとえに、自分たちや自分たちの同胞を、「アジア的」蛮行の潜在的もしくは現実的な犠牲者と見なしていたからではないか。「収容所群島」の方がアウシュヴィッツよりもいっそう始原的であったのではないか。ボルシェビキによる階級殺戮は、ナチズムの「人種殺戮」の論理的かつ事実的な先行者だったのではないか。（同前）

ここに典型的に現われているように、ノルテら修正主義者側の戦略は、ナチスの犯罪とスターリンやベトナムにおけるアメリカの犯罪などを並列させて比較する形式をとりながら、効果としては、ナチスの犯罪が「ドイツ独自のもの」であるという印象を薄めようとする目論みであった。ナチスの犯罪はたしかにひどいものであったが、それにはロシア革命への反動という面があったのであり、また、そうした悲劇は人類の歴史においてつねに生じざるをえないものである、ドイツだけが特別だったのではない、というわけである。

「歴史家論争」は多くの論者を巻き込み、次のような諸点を含む論点をめぐって翌年まで続いた。

我々（ドイツ国民）が得ようと努めているのは、憲法愛国主義なのか国民愛国主義なのか。
ナチス・ドイツの罪悪は唯一無比のものか、それとも他の大量虐殺と比較可能なのか。
ナチズムとスターリニズムの間に「因果的連関」は存在するのか。

歴史学は「歴史化」されるべきか、「倫理化」されるべきか。

ドイツは一九四五年に「解放」されたのか。……

ハーバーマスは、「ドイツにおいてこそ我々は、ドイツ人の手で虐殺された人々の苦悩への追憶を、いかなる歪みもなく、そしてただ頭でだけでなく――他の誰もがそうしようとしない場合ですらも――目覚めさせておく義務がある」と力説した。そして、修正主義者たちが救済しようと目論んでいる「国民的自負や集団的自尊心」を「普遍主義的な価値指向のフィルター」で濾過し、「ひとつの歴史を共有するひとつのドイツ民族」という一体化された国民的アイデンティティへの誘惑を拒絶して、個人の尊厳、人権、民主主義など、基本法（憲法）の精神である普遍的諸価値にもとづく新たなアイデンティティの形成を目指すべきだと主張した。


アウシュヴィッツ以降、我々がナショナルな自己意識を汲み出しうるのは、我々のより良き伝統、それも鵜呑みにせずに批判的に獲得した歴史の中の〔歴史から選び取った〕より良き伝統からのみである、ということである。ナショナルな生活のあり方が人間の共同生活の基盤を比較不可能なまでに破壊することを許してしまった以上は、その生活様式を継承して行くにあたっては、道徳的破局によって学んだ、疑い深い視線に耐えられるような伝統の光にあてる以外にはない。そうしなければ、我々は自分自身を尊敬することもできなければ、他者からも尊敬されることを期待できないであろう。（同前）

西ドイツの歴史学は戦後も長い間、ナチスの時代を「ドイツ史からの逸脱」とみなし、いわば括弧にくくってきた。ナチズムをドイツ史の連続性の中で捉え直す動きはようやく一九六〇年代になって現われたが、その動きを決定的なものにしたのが、一九六八年の学生反乱と「世代間戦争」であった。

一九六九年に、それまでのキリスト教民主同盟中心の政権に代わって新しく首相になった社会民主党のヴィリ・ブラントは、ポーランド、チェコスロバキア、ソ連、東ドイツとの関係正常化を目指す「東方外交」を積極的に推進した。一九七〇年にブラントが、訪問したワルシャワ・ゲットーの記念碑の前でひざまずいたことは、ドイツの加害責任を明らかにし過去を反省する姿勢を内外に強く印象づけた。ひざまずくブラントの写真は、その後のドイツの歴史教科書にはかならず掲載されるようになったという。

こうして七〇年代には、いわゆる「リベラル左派的コンセンサス」が西ドイツ社会の公的空間で主流となっていったが、一九八二年にキリスト教民主同盟が政権に返り咲くと、「健全なドイツ国民意識」を構築しようとする動きが始まった。コール首相は一九八四年にイスラエルを訪問したが、この時の演説に「遅く生まれたものの恩恵」という表現を滑り込ませていた。いい加減に「過去」と手を切りたい、というメッセージである。

一九八五年のヴァイツゼッカー大統領による戦後四十年演説（『荒れ野の四十年』）は「過去に眼を閉ざす者は現在にも盲目である」という有名な呼びかけで知られるが、実際には、ここに述べたような左右両派の微妙な均衡の上に立つものであった。この演説と同じ時期から「いつまでもナチスのことを言われるのはうんざりだ」という一般大衆の気分を味方につけて、「普通の国」としてのドイツ、その国民的アイデンティティを打ち建てようとする修正主義的な論調が公共の場で語られるようになった。ヴァイツゼッカー自身も、ナチズムの時代はわれわれの歴史の枠から外れた、非連続的な一章であり、例外的な局面であったという見解を吐露している。

「歴史家論争」における修正主義者側の主張は、七〇年代以来のリベラル左派的コンセンサスに対する反動の一形態であったといえよう。論争の勝敗をひとことで総括するのは困難だが、ある論者は、論争を通じてハーバーマス側が議論では優勢であったし知識人層の支持も多かったが、メディアに現われない大衆の日常意識の中では修正主義者側への支持が多かった、と述べている。修正主義者側の「絶えざるずらしとすりかえ」、そして「物語化」という戦略に対して、ハーバーマス側には有効な反撃策がなく、その結果、「規則にのっとった議論では勝ちながら、規則の選択で破れている以上、全体としては敗色濃厚だった」というのである。（三島憲一「解説——ドイツ歴史家論争の背景」『過ぎ去ろうとしない過去』）

「歴史家論争」で表面化した修正主義者の主張は、かなりの程度ドイツの一般大衆に支持されたのである。その背景には、伝統的な「ドイツ人の誇り」への欲望だけでなく、ドイツ国民としての「集団的責任」など迷惑な重荷としか感じない新しい世代の意識があった。

かつてドイツ人読者がプリーモ・レーヴィにこう尋ねた。

……「ドイツ人」なんて、いるのですか？

「ドイツ人」は、ここにいた。「もう終わりにしよう」、「過去にケリをつけよう」、「悪いのはドイツだけじゃない」などという声をあげながら、再びはっきりと姿を現わしたのだ。その声が、いかにも「ドイツ人」らしく、重々しく学問的な説教口調であることがなおさら不吉ではないか。

「歴史家論争」がプリーモ・レーヴィにどれほどの打撃を与えたのか、それは想像してみるしかない。彼は「過去の克服」という言葉にすら、ドイツ人の無意識の自己正当化を感じ取っていたのである。ましてや、学問的論争を装った修正主義者の言動の数々は、強制収容所で無理やり聞かされた大仰で理解不能な親衛隊の演説がそうだったように、たまらない嫌悪と恐怖を彼にもたらしたに違いない。

「歴史家論争」の熱気がまださめやらぬ一九八七年四月十一日、トリノのレ・ウンベルト街でアウシュヴィッツの生き残りが一人、ひっそりと人生に「ケリ」をつけた。「歴史家論争」にかかわったドイツの学者やジャーナリストのうち何人がこのニュースを気にとめ、その死に襟を正しただろうか。

プリーモ・レーヴィはなぜ自殺したのか。彼が生まれ、地獄から生還し、自殺した場所に立ち、その死の気配に触れてみたのだが、私にはなお、その確たる理由はわからない。

彼を苛み続けた「思い出としての恥」「生き残ったことの恥」「人間としての恥」が、危険水位を越えて溢れ出したのだろうか。

ジャン・アメリーにも共通する、「同化ユダヤ人」としての引き裂かれたアイデンティティが、ついに彼の生命そのものまでも引き裂いたのか。

「ドイツ人」を理解しようとする努力に、ついに疲れ果ててしまったのか。

果てしなく繰り返され増殖する愚行と流血に、とうとう「人間」への希望を失ったのか。

「誰もがカインである」という強制収容所の真実が、実は収容所の外においても真実であったこと、しかも、そのことをユダヤ人の国イスラエルが証明しているという現実を前にして、底知れぬ虚無にとらわれたのか。

「アウシュヴィッツ」を執拗に相対化しようとする人々の台頭、その図々しい声を歓迎する多くの大衆の存在に、耐え難いまでの不安と恐怖を覚えたのだろうか。……

これ以外にも、自殺の原因には個人的な事情も当然からんでいるであろう。死の数ヵ月前、レーヴィは老いた母親が脳卒中の発作で倒れるという不幸にみまわれ、また、自分自身も抑鬱症に苦しんでいたという友人の報告がある。アメリカ合州国に住むその友人は、一九八七年三月二十九日すなわち自殺二週間前の日付のあるレーヴィの手紙を受け取っている。そこには、自分はいまひどい抑鬱症に苦しんでおり、それから逃れようと無益な戦いを続けている、回復への意志は強いが、現在の状況はアウシュヴィッツ時代を含めて最悪である、と書かれていた。

（"Primo Levi: The Suvivor as Victim"）

いや、彼の自殺はそもそも、不安、恐怖、失意、絶望、あるいは倦怠のゆえではなく、自己の最後の尊厳を守るための、そして「証人」としての最後の仕事をやり遂げるための、静かな選択だったのかもしれない。

彼はなぜ自殺したのか。私にはむしろ、その理由を知ろうとするべきでなく、理解しようとするべきでもない、という思いが強い。ただ、死者の残した沈黙に凝然と頭を垂れるべきなのだ。


あなたがたが知りたいのは、理解したいのは、きりがついたとしてページを繰るためではないのか。（中略）死者たちがあなたがたを救援しに来るなどとは、期待しないでいただきたい。彼らの沈黙は彼らのあとまで生きのびるであろう。

（エリ・ヴィーゼル「死者のための弁護」『死者の歌』）


プリーモ・レーヴィは私たちの未来のための証人だった。それなのに、「こちら側」の世界、私たちの世界は証人の声に耳を貸さないばかりか、証人を敬意をもって遇するすべすら知らないのである。

プリーモ・レーヴィが自殺しなかったならば、すべてが単純明快であっただろう。苦難に対する人間性の勝利と救済の物語、オデュッセウスの凱旋の物語。……私たちのほとんどは自らの浅薄さと弱さのゆえに、その単純明快さにすがりつこうとする。だが、薄暗い宙空に身を投じたプリーモ・レーヴィは、自分自身の肉体を石の床に打ちつけることで、私たちの浅薄さを粉々に打ち砕いたのだ。

冷血や残酷は、いまも世界を覆っている。「人間という尺度」は破壊されたままだ。アウシュヴィッツによって曝け出された「断絶」を、私たちは超えることができるだろうか。アウシュヴィッツ以後、私たち「人間」は生還の期し難い「オデュッセウスの航海」に投げ出されてしまったのだ。大海原は荒れて暗く、水先案内人もなく羅針盤もないままに、航海はあてどなく続いている。

クリスマスツリーの豆電球が、わびしく点滅を続けている。私はしばらく、階段室のホールに立ち尽くしてしまった。背後に人の気配がしたので振り返ると、管理人らしい老婦人が「早く出ていけ」と目で言っていた。

一瞬の光

その翌朝、美術館をのぞいてみた。フィレンツェやミラノと比べると、やはり都市の歴史が若いせいだろう、第一級のコレクションとはいえない。それに、イタリアではめずらしいことではないが、所蔵品のカタログも売っていなかった。それでも目当てのファン・アイクを見ることができた。フラ・アンジェリコの、宝石のような小品もあった。

それから、あてもなくトリノの街を歩きまわった。昼飯に名物の茸パスタでも食おうと、カステッロ広場からガリバルディ街に曲がり、ふと顔をあげたとき、まぶしく輝くものが目を射た。

アルプスだ。

行く手のはるか先で、雪をいただく嶺々が午前の光を受けて輝いているのだった。気がつけば空は、トリノに来て初めての快晴である。

ブナで囚人仲間に『神曲』を暗誦して聞かせていた時、プリーモ・レーヴィは突然、心をかき乱された。

……その時、遠くにあって、黒く見える
山が現われたが、高しも高し、
今まで見たこともないほどだった。

そう、そう、「高しも高し」だ、「とても高い」ではない。結果の陳述だ。そして山々は、遠くから見ると……山々は……ああ、ピコロ、ピコロ、何か言ってくれ、話しかけてくれ、私の山々のことを思い出させないでくれ、汽車でミラーノからトリーノに帰る時、夕闇に浮かび上がっていたあの山々だ！

（『アウシュヴィッツは……』）

レーヴィにとって、トリノの山はただの山ではなかった。それはただ美しく、懐かしいだけの存在ではない。友人のサンドロと二、三時間も自転車のペダルを漕いで麓まで行き、あえて険しい嶺を選んで次々に征服していった、あの若い日々……。

プリーモ・レーヴィがトリノ大学の学生だった頃、イタリアにも人種法が布告された。

キリスト教徒の学友たちは礼儀正しくて、彼らの中でも、教授たちも、誰一人として私に敵意ある言葉や態度を示すものはいなかった。だが彼らが遠ざかるのは感じられた。そして私も昔からの振舞いに従って、距離を置くようになった。彼らが私を見つめる視線には、わずかであったが、それと感じとれるほどの、不信と猜疑のひらめきがあった。

（「鉄」『周期律』）

しかし、ただ一人、態度を変えない学友がいた。サンドロ・デルマストロである。サンドロはセッラ・ディヴレアというやせた美しい土地の出身で、父は建設工だった。彼は、故郷では夏の間、羊飼いをしていた。大地や草を愛し、心が豊かだった。言葉は少なく、いつも美辞麗句をたしなめた。

プリーモ・レーヴィとサンドロは物理学をいっしょに勉強し、「ファシスト流の真実」が放つ悪臭への嫌悪感を共有するようになった。友情が生まれ、サンドロはレーヴィを山登りに誘うようになった。レーヴィに欠けているもの、「何か根本的なもの」を教えようとしたのである。

サンドロは鉄でできているようだった。不意に思い立つと、無一文のまま、赤錆びた自転車にスキーを縛りつけて雪のあるところまでペダルをこいだ。そして夜になって戻るか、干草小屋で寝て、あくる日に帰ってきた。「吹雪と飢えに苦しめば苦しむほど満足で、体の調子も良くなる」のだった。

有名な嶺や、記録に残されるような冒険には興味がなかった。自分の限界を知り、力を試し、向上すること、それだけが問題だった。プリーモ・レーヴィを岩登りやスキーに誘い、冬山登山の厳しい訓練を課した。無意識だったが、「一刻一刻と近づいていた鉄の未来に向けて準備する必要」を感じていたのだ。

山でサンドロを見ることとは、ヨーロッパに覆いかぶさっている悪夢を忘れさせ、世界との和解をもたらした。（中略）山に入ると彼は幸せになった。その幸福感は輝き渡る光のように静かで、他人にも伝わってきた。それは私の中に、天や地を共有するという新たな感覚を呼び起こした。そして私の自由への欲求、力の充満、私を化学へ押しやった、事物を理解する渇望が、その中に流れ込むのだった。（同前）

ルートを誤って極寒の岩場でビバークする羽目になっても、二人はまったく動じなかった。「道を間違えるぜいたくすら許されないのだとしたら、二〇歳まで齢を重ねたかいがないというものだ」というのである。命がけの一夜を過ごしてようやく下山した時にも、あくまで意気揚々としていた。そんな経験をすることを二人は、「熊の肉」を食べる、と称していた。その「肉」は「強壮で自由な自分を感じさせる味、過ちを犯す自由、自分自身の運命の主人であることを感じさせる味」だった。

プリーモ・レーヴィは、サンドロが意識的に困難な状況を経験させてくれたと考え、そのことに感謝していた。サンドロと山で重ねた鍛練が、疑いもなくアウシュヴィッツを生き延びることに役立ったのである。だがそれは、サンドロには役立たなかった。

パルチザン活動に参加し、行動党ピエモンテ州軍事司令部に属したサンドロは、一九四四年四月、ファシスト軍に捕らえられた。彼は屈せず逃走をはかったが、後頭部に機関銃弾を撃ち込まれて虐殺されたのだ。ファシストが埋葬するのを禁じたため、彼の遺体は通りの真ん中に長い間放置されていた。

むごい。(中略)こんな最期は意味もなく、慰めもなく、ばかげている。生命だけでなく、まともに死ぬ権利すら奪われたようではないか。

しかし、よく考えてみると、虚飾のいっさいない、人を熱狂させもしないこの死は、あれほど素朴で、謙虚で、どんな行いも控え目だったサンドロが、できることなら、自分のために選ぼうとした死だったかもしれない。

アーダ・ゴベッティの『パルチザン日記』一九四四年四月六日の項に、サンドロの死を知らされた時の衝撃が、このように記録されている。ゴベッティは《正義と自由》第四師団のピエモンテ州軍事司令部視察委員であり、女性でただ一人の大尉だった。彼女は、「最前線で銃弾に倒れ、旗に包まれて死ぬ」ことを夢見る自分たちの世代とは異なり、サンドロは「悲劇的な不毛性のなかにある運命」を美化せず、「英雄然とした雰囲気で飾りたてる」こともしない世代に属していた、だからこそ「いっそう、かれらは英雄なのだ」と述懐している。解放後、彼女は、国民解放委員会によってトリノ市の副市長に任命された。

プリーモ・レーヴィにとってトリノの山はただの山ではなかった。人種主義にも汚染されなかった無垢な友情、正義と自由（それは反ファシズム運動の名称でもある）、理想主義と克己主義、自分自身の運命の主人であることの喜び、……雪に輝く山々はそれらすべての象徴だった。普遍的な価値の象徴だったのだ。その理想、その価値のために、ユダヤ人も非ユダヤ人も、ともに起ち上がり闘ったのだ。レーヴィにあってアメリーになかったものは、つまりこの経験だったのではないだろうか。オーストリアでは圧倒的多数の住民がナチス・ドイツによる併合を支持し、ヒトラーのウィーン入城を歓呼の声で迎えたのである。

階段室の暗い宙空に身を投げ出した一瞬、あの嶺々の輝きが、閃光のようにプリーモ・レーヴィの脳裏を貫いたかもしれない。

若い日にその一瞬の光を全身に浴びたために、プリーモ・レーヴィは、アウシュヴィッツのただ中でも、またアウシュヴィッツ後の廃墟にあっても、「人間」への希望を棄てることができず、「人間という尺度」の再建という困難な課題にわが身を縛り付けたのであろう。

街の喧騒がいきなり耳に飛び込んできて、はっと夢から覚めたようになった。知らぬ間に私は、レプブリック広場に抜け出ていたのだ。そこは広大な市場で、何が原因か知る由もないが、どちらも太ったおかみさんが二人、髪の毛をつかみ合ってケンカの真っ最中なのだ。男たちはそれを止めることもできず、ただおろおろと遠巻きにするばかりだ。

子供の頃、兄弟たちと熱中して見た『自転車泥棒』『鉄道員』『道』……。

ネオ・レアリズモ映画のシーンそのままだな。

そう思ったとたんに、つい笑ってしまった。笑ったのは、何日ぶりだろう?

明日はトリノを去る日である。

あとがき（旧版）

トリノから帰った後も、一九九六年は私にとって忙しい年だった。春先にイスラエル、夏の終わりにはポーランドに出かけたのだ。いずれの土地も、いつかは行かなければと思いながら、長い間、踏ん切りがつかなかった。しかし、プリーモ・レーヴィの墓と生家を見てからというもの、急き立てられるような気持ちがにわかに募ってきたのである。

ポーランド旅行の最大の目的は、もちろんアウシュヴィッツ訪問だった。基幹収容所は博物館になっている。硬い表情を崩さない女性案内員に付きしたがって、毛髪、旅行鞄、靴、眼鏡、義足などの山を見てまわった。懲罰棟である第十一号舎には、囚人を薬殺した医務室、餓死ないし窒息死させた地下房があった。とりわけ私の神経に触ったのは「立ち牢」である。方形の煙突のようなその狭い空間に押し込まれた犠牲者は、座ることはおろか、しゃがむこともできないまま、いつまでも放置されるのだ。

そこはたしかにもはや収容所ではなく博物館だったが、それでも私は、嫌悪、恐怖、悲哀……そのどれともつかぬ思いにとらわれて息苦しいほどだった。今日までの人生で、わずかでもそれと似た感情を味わったのは、兄に面会するために韓国の監獄を初めて訪れた際、幾重もの鉄製の扉をくぐって監獄の奥へ案内された時くらいのものである。

そこから三キロほど離れたビルケナウにも行ってみた。死体を野積みにして焼いた森、遺灰を棄てた池、犠牲者からの掠奪品を貯蔵した倉庫の跡、ガス室と焼却炉の廃墟、鉄道引き込み線の終点（ほんとうの終点！）、三段の蚕棚状ベッドが並ぶバラック室内、ずらっと穴が連なっているだけの何の遮蔽物もない便所、到着した囚人たちを素早く選別したプラットフォーム、……そんな順序で足早に見てまわった。まるで何かから逃げるように。

宿をとっていたクラクフへの帰途、モノヴィッツ収容所（ブナ）の跡にも立ち寄ってくれるようガイドに頼んだところ、二、三分間、自動車を停めている間に写真を撮るだけならと、しぶしぶ承知してくれた。

そこには簡素なモニュメントだけがあった。高さ二メートルほどの石柱四本に囲まれた小さな銘板に、その場所がブナの跡であり、さまざまな国籍の政治犯と戦争捕虜およそ三万名が殺された旨が英語で刻まれていた。

I・G・ファルベンのコンビナートは現在、化学工場として操業を続けており、その日も多数の従業員らしい人影が垣間見えた。

何ごともなかったかのように……。

ポーランドを去る前日、ルブリン近郊のマイダネク収容所跡にも行ってみた。ここではドイツ軍が慌てて撤収したため、焼却炉周辺に焼け残った人骨が大量に放置された。「霊廟」があったが、それは直径二、三十メートルほどの人骨の小山にドーム型の屋根をかけたものだった。戦後すぐに粗悪な材料で急造したものらしく、外壁のコンクリートは腐食して剥落していた。

Let our fate be a warning for you.（われらの運命を汝等のための警告とせよ）

「霊廟」のドームに掲げられている言葉は、そう読めた。

できれば本書に、この時のポーランドでの見聞についても書き込みたかったのだが、結局は果たせなかった。もう少し発酵するのを待って、いずれ何らかのかたちで書いてみたいと考えている。


ポーランドから帰ってみると日本では、かつての日本軍の残虐行為や非人道的行為に関する記述を教科書から削除せよ、「自虐史観」を捨てて「日本人の誇り」を取り戻せ、などと言い立てる粗野な声が高まっていた。これはドイツの「歴史家論争」における修正主義者たちのレトリックの、あからさまな複製にすぎない。しかも、はるかに拙劣な。

これと相前後して起こってきた、戦争での「自国の死者」の弔いを通じて「われわれ日本人」という「主体」を立ち上げようとトリッキーな議論（加藤典洋『敗戦後論』）も、それに多くの人々が感心している様子を含めて、私からみれば不吉な兆候のひとつである。その理由をここに詳しく述べる紙幅はないが、ひとことだけ言うならば、平和とは他者との関係構築の問題であるのに、これらの議論にあるのは屈折した自己愛にすぎず、他者に対する謙虚さが根本的に欠如しているからだ。

すさまじい政治暴力の世紀であった二十世紀が終わろうとしている。だが、今世紀に起こったことが、もはや二度と起きないなどと考える根拠は何もない。いま現に世界の各地で起きていること、たとえば旧ユーゴスラビア地域で起きていることが、自分が住んでいるこの社会でだけは起こらないだろうなどと考える根拠はない。

来世紀も人類は、自らの経験に学ぶことができない愚かさを証明することになるのだろうか。私の見通しは悲観的である。

トリノから帰って、あっという間に三年半が過ぎた。この短い年月の間にも、私たちにとって、プリーモ・レーヴィの――そして二十世紀の生き証人たちの――警告がもつ重みは急速に増してきたように思う。死にゆく証人たちの警告に耳を傾け、あらゆる不吉な兆候に対する最大限の敏感さをもって堰《せき》が決壊するのを防がないかぎり、洪水はかならず起こるだろう。そう考えるほうが理にかなっている。

本書を執筆中だったという事情もあって、この二、三年、私は幾度となくプリーモ・レーヴィの経験を参照しながらものごとを考え、発言してきた。そうするうちに自死にいたる彼の思考と感情の動きが、その細部にわたるまで、日に日に現実味を増してわが身に迫って感じられるようになってきた。本書の筆を擱《お》こうとするいまになっても、今後この感覚が薄れていくようには思われない。プリーモ・レーヴィは、私にとって、ますます重要な「尺度」になったようだ。

本書によって、たとえ幾人かでも「尺度」を共有し合える人が増えることになれば、筆者としてこれにまさる喜びはない。

徐京植

一九九九年五月

第Ⅱ部　その後、三たびのトリノ

ローマの惨劇

二〇一四年二月二十一日から三週間ほど、イタリアを旅してきた。ローマからフェッラーラ、ミラノと順々に北上し、最後に一日だけではあるがトリノにも立ち寄った。

今回の旅は河島英昭さんの著書『イタリア・ユダヤ人の風景』（岩波書店、二〇〇四年）の導きを頼りにした。

古代ローマの遺跡・マルケルス劇場はカエサルが着工し、紀元十一年、オクタビアヌス帝の時代に完成した。もともとは一万五千人収容の大劇場である。現在はその遺跡が、ローマの常として、いつ終わるともない修復作業中である。この劇場遺跡の横に立派なシナゴーグがある。あたり一帯がユダヤ人街区だ。私が訪れたのは二月にしては異常なほど暖かい日だった。かつて訪れたヴェネチアの旧ゲットーと同じように、一般の非ユダヤ人街区に比べて建物の一階ごとが低い。限られた狭い地域に閉じ込められて、多くの人々が密集して生活していたなごりである。いまもユダヤ系の市民が多いのだろう、キッパーと呼ばれるユダヤ教徒独特の帽子をかぶっている人たちが目につく。ユダヤの伝統的な菓子を売る店に入って大きなタルトを切り売りしてもらい、近くのカフェに座って妻と分けあった。妻は美味しいというが、私にはすこし甘すぎる。明るい春の陽を受ける街の相貌は、一見して平和そのものである。空港や鉄道駅、市の中心部の繁華街ではかっぱらいやスリを警戒して緊張が解けなかった私も、ここではすこしくつろいだ気分になった。

この街で、いわゆる《ローマの惨劇》が起きたのである。一九四三年九月二十六日、イタリア北半部を事実上占領していたドイツ軍のSS隊長ヘルベルト・カプラーはユダヤ共同体の長を呼び出して、二百名の人質か、さもなければ金塊五十キロを差し出せと要求した。ユダヤ人は二重の意味で有罪だというのである。すなわち、ドイツを裏切ったイタリア国民であるがゆえに（この年七月二十五日、ムッソリーニは失脚した。代わったバドリオ政権は九月三日に連合国と休戦協定を結び、この後、十月十三日にはドイツに宣戦布告する）。そして、「ドイツの永遠の敵である人種」に属するがゆえに。

難題を突きつけられたユダヤ共同体では、一人の若者が「金塊ではなく鉛の銃弾を！」と、抵抗闘争を主張したが、この主張は共同体の幹部から退けられた。ユダヤ人たちは九月二十八日まで一日半という期限のうちに要求された巨額の金塊を集めるべく金策に奔走した。教皇庁からも、不足した場合には十五キロを提供するという申し出があった。噂を知った非ユダヤ人市民の間にも同情が広がり、匿名で金製品の提供を申し出る者もあった。

こうして期限ぎりぎりに指定された量を満たす金塊が集められ、ナチ秘密警察本部に運び込まれたが、応対に出た秘密警察大尉はことごとく難癖をつけて受領証の発給を拒否した。その翌朝、ナチSS部隊がユダヤ共同体に押し入り、あらゆる記録、文書、貴金属、現金を押収して去った。

十月十六日、土曜日早朝。イタリアにおける最初のユダヤ人一斉逮捕が始まった。この時拘束された者の数は千二十二名。その中には、自分が保護していた身体が不自由なユダヤ人孤児と運命をともにした非ユダヤ人女性一名が含まれていた。これらの虜囚は二日後には家畜用の貨車十八輌に積み込まれ、北に向かって移送されていった。水も食べ物も与えられないままの、過酷な移送の過程で少なからぬものが死亡し、その遺骸は途中の停車場で次々に落とされた。六日後に、移送列車はアウシュヴィッツに到着した。この千二十二名のうち、戦後に生還した者は十五名であるという。(河島前掲書参照)

私が甘い菓子と濃いコーヒーを嗜んでいる旧い街で、つい先ごろ起きた出来事である。

ローマ滞在の第一の目的は、前述のユダヤ人街区をおとずれることであったが、第二のそれは市内各地に散在するカラヴァッジョの絵画を見てまわることだった。ヴァチカン博物館の「キリスト降架」、サンタマリア・デル・ポポロ教会の「聖ピエトロの逆さ磔」、ボルゲーゼ美術館の「ゴリアテの頭をもつダヴィデ」、バルベリーニ宮国立古典絵画館の「ホロフェルネスの首を切るユーディット」……図版では馴染んでいても実物を観る機会のなかった名作をゆっくりと眺めた。

ああ、なんと酷薄無残なことだろう。眺めるほどに、そんな思いがこみ上げてくる。カラヴァッジョという人物が残酷なのではない。彼の妥協のない迫真の描写が、人間社会そのものの残酷さに拮抗しているのだ。私の脳裏には、カラヴァッジョの描く世界が一九四三年十月十六日の《ローマの惨劇》と重なって映し出された。ローマという場所に立つと、それすらも古代から繰り返されてきた数々の惨劇の一コマに過ぎないという感覚にとらわれる。だが、その一方で、もはや古代ではないはずの二十世紀、関係者たちがまだ存命しているというごく近い過去に、その出来事があったのだということ、そして現在もそんな酷薄無残な現実を抜け出すべを私たちは知らないのだという事実に、改めて呆然とするのである。

ローマに一週間ほど滞在したのち、エミーリア・ロマーニャ地方の中世都市フェッラーラに向かった。目的はまず、そこからほど近いラヴェンナを再訪して初期キリスト教のモザイク芸術を堪能すること、そしてかなり原形をとどめてフェッラーラに残るユダヤ人街区の空気を吸ってみることである。

フェッラーラでは、エステンセ城や大聖堂に近い旧市街の、ヴィーニャタリアータ街というところに宿をとった。だいたいこのあたりと見当はつけていたのだが、そこはまさしく旧ゲットーの真ん中だった。葡萄畑を切り拓いたというその街路には「小児の握りこぶしほどの、無数の、粒ぞろいの石の群れ」(河島)が敷きつめられていた。ユダヤ人たちがポー河の岸辺から拾い集めて来たものだという。

フェッラーラのユダヤ人たちは一二七五年以来の領主であるエステ家よりも古くからこの地に住み着いていたらしい。エステ家とユダヤ人共同体の関係は相互依存的であり、悪くなかったという。しかし、最後の君主アルフォンソ二世の死去によってエステ家の統治が断絶し、フェッラーラが教会国家に編入されると、ユダヤ人の生活にさまざまな制約を課されるようになった。ユダヤ人街区が五ヵ所の鉄門で封鎖され、一六二四年から、一七九六年のナポレオン軍による解放まで強制居住地区となった。

一九四三年十一月十五日、ファシストによる市民虐殺事件が起きた。ヴェローナとパードヴァからトラックに分乗して乗り込んできたファシストが反ファシスト知識人、弁護士、ユダヤ人など十一名を射殺し、その遺体をエステンセ城の堀端に放置して見せしめにしたのである。犠牲者の中になめし皮職人のヴィットーレ・ハーナウとマリオ・ハーナウというユダヤ人父子がいた。同年九月の大規模なユダヤ人狩りを免れたこの父子はゲットーの納屋に隠れ、床にあけた穴から非ユダヤ人で敬虔なカトリック教徒である妻が差し入れる食べ物で生き延びていた。その父子が探し出され、引きずり出されて射殺されたのである。中世には領主やキリスト教社会と比較的良好な関係を結び裕福な暮らしを楽しんでいたフェッラーラのユダヤ人共同体においても、ナチ＝ファシストによって多くが逮捕連行され、強制収容所に移送された。（河島前掲書）

ハーナウ父子が隠れていたという街路は、私の宿のあるヴィーニャタリアータ街に並行して走るヴィットーリア街（旧名はガッタマルチャ（野良猫）街）のすぐそばだったはずだが、探し当てることができなかった。堅牢で暗鬱なエステンセ城の堀に沿って、十一名が射殺されたのはこのあたりかと思いを巡らしながら歩いてもみた。宿から遠くないところにあるユダヤ博物館・ホロコースト記念館を訪ねてみたが、門が閉ざされていて、尋ねると四月まで閉館とのことだった。

私が投宿した宿の主人は好人物で、地元の美味いワイン、妻の手作り菓子、自家製のサラミソーセージなどを惜しげもなくふるまってくれた。ローマでスリや詐欺師の脅威に悩まされていた私は、彼の親切がにわかには信じられず、あとになって高額の請求書を突きつけられるのではないかと警戒心がなかなか解けなかった。もちろん、そんなことはなく、フェッラーラを去る日に駅まで自分のクルマで送ってくれた彼とは抱擁を交わして別れたのである。

旧ユダヤ人街の真ん中に住んでいる彼はユダヤ人だったのだろうか。だとすれば、その親族や知人のなかにも犠牲者がいるはずである。だが、私はそれを口に出すことはしなかった。ただ、「お前は何をしている?」と問われて、「作家だ。プリーモ・レーヴィについて本を書いたこともある」と答えたとき、「プリーモ・レーヴィ? それは良い」と彼は強く頷いた。

フェッラーラからミラノに移って一週間ほど滞在している間に、日帰りでトリノを訪れた。私にとって三度目のトリノ訪問である。最初は一九九六年。この時の旅の印象をもとに本書『プリーモ・レーヴィへの旅』(旧版)を書いた。二度目は二〇〇二年、NHKのドキュメンタリー制作チームに同行した。この作品は「アウシュヴィッツ証言者はなぜ自殺したのか」というタイトルで放映された。さらに十二年後の今回、もう一度あの特別な都市を訪れてみたいと思った。なにが変わり、なにが変わらないままなのか。私自身はどう変わったのか。そのことを、あの場所に身を置いて感じてみたかったのである。

良く晴れた日で、ミラノからトリノへ向かう列車の車窓から、雪をいただいて輝くアルプスの峰々が遠望された。隣席の妻が、「安曇野みたい……」と漏らした。そう言われると、「アズミノ」という音の響きはたんなる地名以上のものを想わせる。その響きは荻原碌山や相馬黒光の記憶と結びついて「人文主義の光」のようなものを連想させる。同じように、「トリノ」「ピエモンテ」「アオスタ」といった音の響きは、私の中で、たんなる地名以上のものだ。

ポルタ・ヌオーヴァ駅に降りると、街の印象は過去二度の訪問時とほとんど変わらなかった。同じイタリアとはいえ、ローマやミラノとはずいぶん異なる。人々の装いは地味で、その表情は沈静している。親切な女学生に教えてもらって、駅前から公共墓地へ向かうバスに乗った。墓地に到着すると、見憶えのある正門から多くの人々が出入りしていた。天気の良い土曜日なので墓参に来ているらしい。何件か葬儀も行われていた。

広大な墓地に入ってユダヤ人墓域へ歩いた。だが、到着してみると、その墓域の出入り口の鉄扉が閉じられ施錠されていた。金曜と土曜はユダヤ教の安息日にあたるので墓域の門を閉じるのである。そのことを知らないわけではなかったが、体調を崩してミラノで二、三日、休んでいるうちにうっかりしてしまったのだ。せっかくはるばる訪ねて来たのに、プリーモ・レーヴィの墓のそばまで近づくことができない。ただ、鉄柵ごしに、かねて見覚えのある墓標が見えた。周囲の灌木がさらに育ったようだ。

一九九六年の最初の訪問から十八年、二度目の訪問から十二年、その間にレーヴィの妻ルチアさんやトリノ在住のアウシュヴィッツ生存者ジュリアーナ・テデスキさんをはじめ関係者の多くがこの世を去った。まさしく生き証人たちが次々に消えて行ったのである。その一人一人の墓はどこにあるのか、その墓標にはなんと刻まれているのか、わからない。

ユダヤ人墓域を立ち去るとき、以前は気づかなかったのだが、墓域の壁に白く大きな方形の碑が取り付けられていることに気づいた。そこにナチ＝ファシズムによるトリノ地域のユダヤ人犠牲者の名が刻まれていた。「Leviという姓が多いね」と妻が言った。たしかに、ざっと二十名以上の姓がLeviであった。

レーヴィの作品『周期律』にユダヤ人街として登場するポー街を久しぶりに歩いた後、老舗のカフェ・バラッティですこし休んでから、古い路面電車に乗ってレ・ウンベルト街を通った。その街に、かつて訪ねたプリーモ・レーヴィの自宅アパートがある。行ってみると、何一つ変わらぬ姿で、そこにあった。玄関のインターフォンの表札には「Levi」の名が記されている。いまは彼の息子一家が住んでいるのだ。

レ・ウンベルト街は、ナターリア・ギンズブルグの『ある家族の会話』に活写されたトリノの知識人たち、レオーネ・ギンズブルグ、アドリアーノ・オリベッティ、チェーザレ・パヴェーゼなどが行き交った街であり、エイナウディ書店もこの街にある。戦中は反ファシズム運動の拠点であり、戦後は共和制を実現した進歩的運動の知的・文化的基盤となった場所である。その広い街路に立って、少し顔を挙げてみると白く輝くアルプスの峰々が目に入る。そこでプリーモ・レーヴィたちパルチザンが活動し、険しい峠を反ファシズム闘士や亡命者が行き来した。

「人間性の理想に白く輝く峰々」、私はドキュメンタリー撮影のために訪れたとき、トリノの周囲を取り巻く峻険な山々を指してそう呼んだ。いまも、山々は変わりなくそこにあるが、理想の輝きは脅かされている。反ファシズム闘争を担い戦後イタリアの豊饒な知的文化を形成した世代はほとんど退場して、いまは粗野で浅薄なポピュリストの蛮声が社会を席巻しようとしている。これはイタリアに限ったことではない。全世界的な現象であり、日本でこそいっそう深刻である。

アウシュヴィッツからの解放後四十年以上にわたって「人間性」の再建のために困難な証言者の役割を担ったプリーモ・レーヴィが、いま生きていたとしたら、この社会をどうみるだろうか、そして、どう言うだろうか。

変わらぬ「尺度」

『プリーモ・レーヴィへの旅』（旧版）が刊行されたのはいまから十五年前である。それに対し、東京のイタリア文化会館から二〇〇〇年度「マルコ・ポーロ賞」が授与された。以下に、その授賞式での私の挨拶の一部を紹介する。

朝鮮民族のもっとも著名な詩人の一人である韓龍雲（ハン・ヨンウン）は、自らの詩集『ニムの沈黙』の序文に、次のように記しています。

「……「愛する人（ニム）」だけがニムなのではなく、憧れるものはすべてニムである。衆生が釈迦のニムなら、哲学はカントのニムである。薔薇のニムが春雨なら、マッチーニのニムはイタリアである。ニムは私が愛するだけでなく、私を愛するのである。」

韓龍雲は仏教の僧であり、一九一九年三月一日の独立運動の思想的指導者でもありました。彼は日本の植民地支配に抵抗する独自の思想を鍛え上げる過程で、このようにイタリアのマッチーニ（Giuseppe Mazzini, 1805–1872）から多くの霊感を得ていたのです。今日もなお、ほとんどの朝鮮人が韓龍雲の詩を愛していますが、それは多くの朝鮮人の心にマッチーニの名が憧れと尊敬の念をもって記憶されているということを意味します。

「ニム」とはもともと「愛する人」や「尊敬する人」の名に付す朝鮮語独特の敬称ですが、韓龍雲によって、この言葉の指し示すイメージは普遍的な広がりをもつことになり、独立や自由、人間的解放への抑えがたい憧れといった意味を含む特別な言葉となりました。私たち朝鮮人は、植民地支配の下にあった日々、それに続く民族分断と軍事独裁の日々、それらによってもたらされた異郷での離散の日々を、まさに「ニム」に呼びかけ、「ニム」を待ち焦がれて生きてきたのです。

そう考えるならば、今世紀の始めに韓龍雲にとってマッチーニがそうであったように、世紀の終わりにあって、在日朝鮮人であるである私がプリーモ・レーヴィの作品と思想から多くの霊感を与えられたとしても、決して不思議ではないでしょう。私の「プリーモ・レーヴィへの旅」は、二十世紀を特徴づけた植民地支配、世界戦争、人種差別と大量殺戮といった悪夢の数々から私たち人類がきっぱりと手を切ることのできる道を求める、あてどない旅の一部分でもあります。

この受賞挨拶で述べたとおり、プリーモ・レーヴィは私にとって、一九八〇年に『アウシュヴィッツは終わらない』（原題「これが人間か」）を読んだ時から、「あてどない旅」の日々を生きる「尺度」のような存在であった。一九八七年の彼の自殺は、いわば「尺度の自殺」のような出来事だったが、その後も、私にとって彼の著作の重要性は増すばかりだ。

本書の刊行後も、私はたびたびプリーモ・レーヴィに触れた文章を書いている。以下に、そのうちの主なものだけを挙げておこう。

「断絶の世紀の言語経験――レーヴィ、アメリー、そしてツェラーン」（日本ツェラーン協会「ツェラーン研究」第四号、二〇〇二年七月）

「記憶の闘い――東京とソウルで読むプリーモ・レーヴィ」（この文章はプリーモ・レーヴィ没後二十年にあたりフィレンツェ大学出版局から刊行された論集"Voci dal mondo per Primo Levi: In memoria, per la memoria" Firenze University Press, 2007 に収録された文章の日本語訳である。）

前記二点はいずれも拙著『植民地主義の暴力』（高文研、二〇一〇年）に収められている。

「「証言不可能性」の現在――アウシュヴィッツとフクシマを結ぶ想像力」（この文章は二〇一二年六月、韓国の全南（チョンナム）大学で行った講演に加筆したもの。同大学が主催する二〇一二年度「後廣（フグァン）金大中学術賞」を受賞した際の記念講演である。拙著『詩の力』（高文研、二〇一四年）に収めた。）

すでに述べたとおり、二〇〇二年春、私はNHKのドキュメンタリー番組制作チーム（ディレクターは鎌倉英也氏）とともにトリノを再訪した。その時、私たちはいくつか重要なインタビューをすることができた。

第一のものは、ビアンカ・グイディッティ＝セラさんとのインタビューである。彼女は八十歳まで弁護士として活躍した人物だが、学生時代からプリーモ・レーヴィや短篇小説「鉄」の登場人物サンドロ・デルマストロの親友でもある。彼女自身はユダヤ人ではないが、大戦末期には「女性の擁護及び自由のために戦う闘争兵士を支援する会」（Gruppi di difesa della donna e per l'assistenza ai combattenti della libertà）という組織に属して抵抗運動に従事した。当時、ユダヤ人を匿ったり逃がしたりする活動にも従事し、プリーモ・レーヴィの母親や妹とも連絡を保っていた。

終戦後も生還したプリーモ・レーヴィとの親交は続いた。彼の自殺の数日前まで、ともに景色の良い高台を散歩したという。彼女は私たちに、プリーモ・レーヴィから送られてきた「灰色の領域」（竹山博英訳『溺れるものと救われるもの』朝日新聞社、二〇〇〇年所収）のタイプ草稿を見せてくれた。

第二のものは、エイナウディ出版社のプリーモ・レーヴィ担当編集者であるヴァルテル・バルベーリス氏とのインタビューである。レーヴィの作家活動を最も近くから見守ってきた彼の言葉は多くの点で、私の推測を補強してくれるものだった。以下に、その内容を要約して紹介する。

プリーモ・レーヴィはたんなる小説家というより「記憶の作家」であり、なによりもまず証人だった。現在、歴史修正主義や否定論的な傾向が見られるが、これはヨーロッパにおいて私たちが考えるべき一つの危機だと思う。こういった傾向こそが、証言の役割を果たす文学への関心を逆に高めていったのだ。その意味で、プリーモ・レーヴィの文学は大変重要な位置を占めている。

　プリーモ・レーヴィはいつでも気さくな人だった。自宅によく招かれたが、きわめて質素な生活をしていた。決して相手に不快な思いをさせない繊細な人だった。彼が絶えず気にかけていたのは歴史の中で何が起きたのかをはっきりと理解し、その記憶を次世代に伝えることだった。でも、晩年の彼を悩ませていたのは、どちらかと言えば、個人的な、家庭の問題かもしれない。

　もう一つ彼を悩ませていたのは、イスラエルとパレスチナの関係だった。彼はナチス・ドイツがポーランド人に対して行なったことを、イスラエルがパレスチナ人に対して行なっているのではないかと憂慮していた。彼は公式なユダヤ人社会との付き合いでとても苦労していた。ユダヤ人社会は同じユダヤ人である彼がイスラエルの政治に反する考えをもっていることに耐えられなかったのだろう。プリーモ・レーヴィのような人物から与えられた証言を受け継いでいく倫理的な使命が私たちにはあると思う。


ジュリアーナ・テデスキさんにもインタビューすることができた。彼女もまたアウシュヴィッツからの生還者である。プリーモ・レーヴィの友人であり、一九六五年の収容所解放記念式典に際しては、彼とともにアウシュヴィッツを再訪した。また彼女は長い間、高校の教師を務めたが、先のヴァルテル・バルベーリス氏は彼女の教え子のひとりだということだ。彼女の左腕には囚人番号の入れ墨が残っていた。「この番号をレーザー手術などで消す人もいますが、私は決してそんなことはしたくありません。むしろ、寒くなっても半袖を着て、できるだけ人の目に触れるようにしてきました。これは私たちが死ぬまで背負っていく務めですから。でも、『どうして、そんなところに電話番号をメモしてるの？』なんて尋ねられることもあります。」

「人類は今後、人種、民族、宗教などの障壁を克服して平和に共存していけると思いますか？」という私のナイーヴな問いには、彼女は首を左右に振って、「そう思いません。少なくとも私が生きているうちには無理ね」と答えた。

この二〇〇二年のトリノ訪問時に、もう一つ、きわめて印象的な出会いがあった。プリーモ・レーヴィがファシストに逮捕された現場であるアオスタ渓谷の山村に住む老人である。彼は連行されていくプリーモ・レーヴィの姿を目撃した。その後、召集されてユーゴスラビア戦線を経験した彼は、帰国後みずからもパルチザン部隊の一員となって闘った。親しい友人の何人かがファシスト軍に殺害されたが、彼は運よく生きて終戦を迎えた。

村のカフェでサッカーのテレビ中継を楽しんでいた彼に頼んで、高い峠にあるプリーモ・レーヴィ逮捕の現場まで案内してもらった。そこには記念碑が据えられ、「暖かな家で／何ごともなく生きているきみたちよ……」と始まる『アウシュヴィッツは終わらない』冒頭の詩が刻まれている。その場所に向かう車中で、もとパルチザンの老人は「リベルタ（自由）」と歌うようにつぶやいた。「リベルタ……言葉の原点だよ」と。

「戦争が終わってから、あなたの生活はどうなりましたか？」と尋ねてみた。世間の賞賛を受けたのか、報償はあったのか、といった意味だ。老人は問いの意味をはかりかねるように、「どうって？　前のままだよ」と答えた。老人はもともと、険しい山岳地帯を走る高圧電線の保安作業員であった。厳冬の冬山を歩きまわって電線の保安作業にあたった。戦後もその同じ作業に復帰して定年まで勤め上げたのである。案内を終えた老人は、山小屋のような自宅に私たちを招き、飲め飲めと葡萄酒を勧めた。

溺れるものと救われるもの

二〇〇七年四月、東京で開かれたイタリア映画祭において、ダヴィデ・フェラーリオ監督の映画「プリーモ・レーヴィの道」（二〇〇六年）が上映された。この作品はプリーモ・レーヴィの『休戦』（La tregua）に着想を得たものと聞いていたが、私は内心、警戒心でいっぱいだった。というのは、その十年ほど前、同じ『休戦』を原作としたフランチェスコ・ロージ監督の映画『遥かなる帰郷』（The Truce）を見て失望したことがあるからだ。

『遥かなる帰郷』は原作に忠実ではなかった。プリーモ・レーヴィが残したメッセージのもっとも重要な部分が恣意的に歪められるか、薄められていた。そのことがもっともよく現れていた場面は、レーヴィたちイタリア人虜囚を積んだ帰還列車がミュンヘン駅に一時停車する場面である。映画では駅で労役に従事していた元ドイツ軍兵士がレーヴィたちユダヤ人虜囚に気づき、悔恨と苦悩の表情を表して、がっくりと膝をつく。しかし、原作の場面は正反対だ。原作では、列車の停車中に駅の近くを歩き回ったレーヴィは、彼らを目の当たりにしながらも過去に目をふさぎ、かたくなに口をつぐむ「ドイツ人」たちの姿を見たのである。

ロージ監督の映画が製作されたのは一九九六年のことである。プリーモ・レーヴィも、死後わずか十年にして、このようにして化石化されていくのか、と私は思ったものだ。それからさらに十年たってフェラーリオ監督のロードムービーが公開されたわけである。

アウシュヴィッツから解放されたあと、東欧諸国とソ連を放浪した末に、八カ月がかりでトリノに帰還したレーヴィの道程を、六十年後にフェラーリオ監督はたどり直して行く。ポーランド、ウクライナ、ベラルーシ、ルーマニア、そして、あのミュンヘン駅の場面ではネオナチの姿。次々と移り変わる季節と風景、さまざまな人々の表情にプリーモ・レーヴィのテクストの朗読が重ねられた。

フェラーリオ監督は、この作品を通じて過去と現在との対話、プリーモ・レーヴィと私たちとの対話を試みた。彼はロージ監督作品の二の舞はすまいと心に決めていたのかもしれない。この判断は、おそらく賢明であり、必然的なものでもあっただろう。レーヴィの生涯が私たちに投げかけているのは、証言の不可能性、したがって物語ることの不可能性という問いだからだ。

本書旧版刊行のおよそ一年後、プリーモ・レーヴィの重要著作『溺れるものと救われるもの』日本語版が刊行された（竹山博英訳、朝日新聞社、二〇〇〇年、原書は"I sommersi e i salvati", Giulio Einaudi editore s.p.a, Torino, 1986.）。プリーモ・レーヴィが自殺の前年に上梓した事実上の遺書であり、そこには四十年以上にわたる彼の思想的苦闘が結晶している。この本は、私が本書旧版を執筆している時には、まだ日本語に翻訳されていなかった。どうしても読まなければならないと思った私は、仕方なく辞書を引き引き英語版（The Drowned and the Saved）を読んだ。そして、心が激しく震えた。「この人は自殺するしかなかったな……」と深く納得させられた。自殺すべきでなかった、生きていてほしかった、などという思いではない。

ナチ犯罪の真の恐ろしさにあらためて震撼したということはもちろんだが、「ナチ犯罪」と限定できない広がりと深さで人間存在そのものに内在する危機をこの本はえぐり出している。レーヴィが人生の最後にこの本を残したのは、他人に事実を知らせ、説得するためですらないだろう。「人は証言に耳を貸さない」という証言を、その人たちに向かって語りかけてなんの意味があるだろうか。彼はただ、深い絶望の諸相を科学者のような手つきで解剖し、自分個人の生物学的生命以上の価値（さしあたり「真実」と呼んでおくしかない）のためにそれを書き残したのだ。ナチズムやユダヤ人虐殺に関する書籍は枚挙にいとまがないが、もし一冊だけ推薦せよと求められたら、私は迷わずこの本を挙げるだろう。

第二次世界大戦終戦後およそ七十年が経過し、その間に世界各地でナチズムとホロコーストに関する研究が蓄積されてきた。簡単に言うと、終戦後まもなくの時期には、ナチ指導層を「狂気」と名指し、彼らを「悪魔化」することによって説明をつけようとする（それによって大多数の一般国民を免責する）傾向が支配的であったが、時間がたち研究が深まれば深まるほど、こうした単純な議論は無効になり、ドイツ国民に限らず他のヨーロッパ国民も含む広範な一般人の積極的な同調があってこそ「ホロコースト」が実現したという「不都合な真実」が明らかになってきた。この問題の研究者ダン・ストーンDan Stoneが最新の著書で述べたとおり、私たちは「ホロコーストを知れば知るほど、人類の将来について悲観的になる」のである（"Histories of the Holocaust", Oxford University Press, 2010）。

プリーモ・レーヴィの著作は、そうした研究において繰り返し参照され引用される核心的重要性をもつ。なぜならそれは、収容所生存者という当事者自身の直接証言であると同時に、可能な限り客観的で明晰な考察でもあるからだ。通常は証言者と分析者（研究者）は不可避的に分離しており、その間でかりに意図的ではないにせよ歪曲や希薄化が起きるものだ。想像を絶する暴力の被害者であり「人間性破壊」の犠牲者である当事者が、同時に冷徹な分析者であり思想家でもあるというようなことは、きわめて稀なことだろう。このことを可能にしたのはプリーモ・レーヴィの徹底した批判精神である。その批判精神は、自分自身を含む生存者（「批判性を発揮することなく、無邪気に、生存者という条件を受け入れた私たちの一部」）にも容赦なく向けられる。

強制収容所の真実を再現するための最も確固たる素材は、生き残った者たちの記憶である。それがかきたてる哀れみや怒りの感情を越えて、それは批判的観点から読まれるべきである。ラーゲル（強制収容所）を知る上で、ラーゲル自身が最良の観察点になるとは限らない。（……）年月がたち、今日になってみれば、ラーゲルの歴史は、私もそうであったように、その地獄の底まで降りなかったものたちによってのみ書かれたといえるだろう。地獄の底まで降りたものはそこから戻って来なかった。（序文）

この本（『溺れるものと救われるもの』）は、「人間性」への理由のある絶望と困難な期待とに裏打ちされた、文字どおり最良の意味での「エッセイ」である。それを読む者は、「こちら側」の平穏無事な生活を当然のように享受している自分たちが実際にはどれほどの無知と浅薄な思い込みに支配されているかを、驚きをもって教えられることになる。たとえば――

国家社会主義（ナチズム）のような、極悪非道なシステムは、その犠牲者を聖人のように高める、との主張は、無邪気で、不条理で、歴史的に間違っている。（灰色の領域）

レーヴィによれば、囚人たちにとって解放は必ずしも無条件な歓喜ではなかった。彼らは、自由を取り戻すと同時に恥辱感や罪悪感に襲われる。「闇から抜け出すと、自分は傷つけられたという、再び獲得された自意識に苦しむ」ことになる。強制収容所の囚人たちが解放後に（しばしば解放の直後に）自殺する多くのケースは、このような理由によると解釈されうる。こうしたレーヴィの述懐に触れ、ほんの一部であれ彼らが経験した深淵を想像してみることになった私たちの驚きは、そう語った彼自身が、本書を遺して自殺してしまったという事実によって決定的なものになるのである。

レーヴィは一九八六年（自殺前年）のインタビューでこう語っている。

私がこの本を書こうとした動機の一つに、ある種の極端な単純化が挙げられる。それは特に若い世代の読者たちに見られることで、彼らは『アウシュヴィッツは終わらない』（これが人間か）を読んで、人類は二種類に分けられると考える。つまりいわゆる迫害者と犠牲者で、前者は怪物であり、後者は無垢なのである。まさにこうしたことのために、この本の「灰色の領域」という章が核心的な重要性を持つと思う。（日本語版訳者あとがき）

人間を単純な善人と悪人との二分法でみる見方は、自分を「善人」の側に含めて安心しようとする自己保身的な心性の表れであるともいえる。それはアウシュヴィッツという出来事の真実を知ることにも、その再来を防ぐことにもまったく役立たない。実際には、何ももたないまま地獄の底に降りたものは戻って来ることができなかったのであり、戻ってきたものは（ここでレーヴィは自分自身をも含めて言う）何らかの意味で「他人の場所を奪って」生き延びたのである。

だが、ここで明言しておかなければならないのは、レーヴィは「われわれ全員が有罪だ」「誰にも迫害者を追及する資格はない」といった曖昧模糊とした宥和的な主張しているのではないということだ。

特別部隊を考え出し、組織したことは、国家社会主義の最も悪魔的な犯罪であった。（……）それを作り出すことで、他人に、より正確には犠牲者に、罪の重荷を移すことを試みたのだった。そうすれば犠牲者は自分が無実だという自覚さえ持てなくなって、ナチも安心できるからだった。（灰色の領域）

「特別部隊（ゾンダーコマンド）」とは、ガス室での大量殺戮や死体焼却などもっとも忌まわしい「汚れ仕事」を押し付けられ、その代価としてほんの少しだけ長く生きるチャンスを与えられた囚人たちのことだ。

レーヴィの関心は、巨大な抑圧機構の各段階で、やむなく罪に加担したものの一人一人を断罪あるいは免罪することにあるのではなく、そうした体制そのものの犯罪性に対する正確な理解、そして善悪に二分できない普通の人間たちがこの抑圧機構の犯罪によって加担者・共犯者にされてしまうメカニズムに向けられている。アウシュヴィッツは私やあなたを含む普通の人間によって運営されたのだ。それが一部の怪物の仕業だったとしたら、どんなにわかりやすく安心だったことだろう。

不寛容、権力への野望、経済的理由、宗教的・政治的狂信主義、人種摩擦などで生み出される、未来の暴力の大波から逃れられると保証できる国はほとんどない。だから感覚を研ぎすまし、預言者、魅力的な魔法使い、よき道理に支えられていない「美しい言葉」を述べたり書いたりするものに、警戒する必要があるのだ。（結論）

臨床と病理学

日本はナチズムやホロコーストに関する書物が非常に多く翻訳出版されている国だといえよう。強制収容所生存者の証言文学に限ってみても、ヴィクトール・フランクルの『夜と霧』は一九六一年に、エリ・ヴィーゼルの『夜』は一九六七年に日本語版が刊行されている。『アンネの日記』もロングセラーの一つである。これらが一九六〇年代にすでに広く知られたことと比べると、プリーモ・レーヴィの著作は、かなり遅く日本に紹介されたといえるだろう。

ヴィクトール・フランクルはウィーンに生まれ、フロイト、アドラーに師事した、将来を嘱望される精神医学者であった。しかし、ユダヤ人であった彼の一家はナチス・ドイツのオーストリア併合とともに逮捕され、アウシュヴィッツなどの強制収容所に送られた。彼の両親、妻、子供たちは殺され、彼だけが生き残った。同書日本版初版（霜山徳爾訳）の冒頭には一九五六年八月の日付がついた『出版者の序』が収められているが、それは「現代史の潮流を省みるとき、人間であることを恥じずにはおられないような二つの出来事」があるとして、日本による「南京事件」とナチス・ドイツによる「強制収容所の組織的集団殺戮」を挙げ、次のように述べている。

自己反省を持つ人にあっては「知ることは超えることである」ということを信じたい。そして、ふたたびかかる悲劇への道を、我々の日常の政治的決意の表現によって、閉ざさねばならないと思う。

戦後十年を経て、断片的にではあれ、ようやく「ホロコースト」の生存者自身による文学・記録が紹介され始めた時期に書かれたこの「出版者の序」は、この時点での出版人の認識と決意を表明したものといえる。それ以後も、本書の啓蒙的意義は減じていない。（なお、二〇〇二年に池田香代子訳による改訳新版が刊行された。）

とはいえ、「人間は知ることによって進歩することができる」という啓蒙主義的人間観は、第二次世界大戦終戦後も世界各地で相次ぐ戦争、虐殺、そして科学万能主義と効率主義の破綻としての原発事故などの例を挙げるまでもなく、現在では根本的に揺るがされたといわざるをえない。現在、私たちに問われていることは、はたして人間は自己反省することができるのか、知ることによって超えることのできる存在なのかという問いであろう。この深刻かつ困難な問いに生涯をかけて取り組んだ人物が、プリーモ・レーヴィである。

日本におけるプリーモ・レーヴィ研究と紹介の第一人者である竹山博英氏は最新刊の評伝(『プリーモ・レーヴィ――アウシュヴィッツを考えぬいた作家』言叢社、二〇一一年)で、フランクルとレーヴィの比較を試みている。

プリーモ・レーヴィとフランクルは同じ強制収容所にいながら、問題意識は大きく違っていた。フランクルは強制収容所における人間の精神的変化に興味を持っていた。だが彼は、強制労働の末に消耗し、死に至る一般的抑留者、つまりレーヴィの言うところの「溺れるもの」の変化を興味の中心にすえてはいない。むしろいかにして強制収容所で生きるのか、極限の生存状況の中でいかに自分の精神を高めるのかに主眼を置いている。彼は「苦しむことの意味」について考える。(中略)「過酷きわまる外的条件が人間の内的成長をうながすことがある」、そして「外面的には破綻し、死すら避けられない状況にあってなお、人間としての崇高さにたっする」ことができる。フランクルにとって「苦しむことは何かをなしとげる」ことに通じている。

竹山氏はフランクルがその著書で「最後には強い宗教的感情を前面に出している」と指摘し、それは「感動的」であるとしつつも、「漠然とした不満も残る」と述べている。

やはり強制収容所の生還者である心理学者ブルーノ・ベッテルハイムは、ナチ強制収容所の犠牲者たちを「殉教者」と呼ぶことは、「われわれの慰めのために発明された一つの歪曲である」と指摘する。（「ホロコースト――その一世代後」『生き残ること』法政大学出版局、一九九二年）

そうすることは、彼らのものであり得る最後の認識を彼らから奪うものであり、彼らに与えうる最後の尊厳を否定することであり、彼らの死が何であったかということを直視し受け入れるのを拒否することである。われわれは、こうした歪曲がわれわれに与えるかもしれない僅かな心理的解放感のために、彼らの死を美化してはならないのである。

ベッテルハイムの指摘によれば、フランクルの著書はその凄絶な内容にもかかわらず、苦しみには意味があると主張する「感動的」な結末によって、むしろ、読者に偽りの慰めと解放感を与え、防御的否認と抑圧に役立っているといえるのである。

竹山氏は前掲の評伝で、レーヴィは（フランクルとは異なり）「宗教にすがろうとしなかった」として、次のように述べている。

それではレーヴィは、宗教にすがらないことで何を求めたのだろうか。それはアウシュヴィッツとは何か、なぜそれが生まれてしまったのか、という疑問への答えだった。（中略）彼は先入観のない、曇りのない目で、アウシュヴィッツとは何か、その狂信主義の本質はどこにあるのか、考えたかったのだ。これは自分で逃げ道を断つような、苦しい立場であったことは想像に難くない。

フランクルはアウシュヴィッツ的な極限状況における人間精神の拠り所を示したが、レーヴィはそのような極限状況がなぜ生じたのかを究明しようとした。戦争、大虐殺、自然災害などの「理解しがたい」ほど過酷な極限状況に投げ込まれた被害者は、自己を襲った苦難を「天」や「神」から下された運命ととらえようとする。災厄の原因が「理解しがたい」ために、理解を超えた超越的な存在にそれを求めて納得しようとするからである。しかし、その苦難がほかならぬ「人間」によってもたらされたものである以上、その再発を防ぐためには、たとえ苦しくともその原因を究明し「理解」しようと努めなければならない。

フランクルとレーヴィの間にあるのは比喩的に言うならば、過酷な現実をいかに生き延びるかという「臨床的」な次元と、その現実の原因を冷徹に究明しようとする「病理学的」な次元との差異であるといえよう。この二つの次元は本来、相互に排除し対立するものではないはずだが、往々にして混同され、同一平面上でぶつけ合わされることになる。そして、「理解できないことを理解しようと無益な努力をするよりも、与えられた運命の中でいかに生き延びるかが重要だ」という、いわば思考停止のメッセージへと歪曲され、「感動的」に消費される。このような受容は、出来事そのものの原因を究明し、再発を防ぐことには役立たない。

かくして、出来事そのものを深く省察する困難な役割は、逆説的であり、不当なことですらあるが、被害者の肩に負わされるのである。プリーモ・レーヴィはそうした重荷を担った証言者であった。彼はその生涯において計十四点の文学作品を発表した。最後の著作『溺れるものと救われるもの』の「結論」において、こう述べている。

これは一度起きた出来事であるから、また起こる可能性がある。これが私たちの言いたいことの核心である。

四十年間にわたる証言ののち、著者の不安と絶望は静まるどころか、ますます高まっていることがわかる。この文章を書いた翌年、プリーモ・レーヴィは自殺した。彼は自殺によって、底の見えない深い穴のような未完の問いを、私たちに差し出したのだ。

記憶の闘い――日本の文脈

一九九〇年代に私がプリーモ・レーヴィに関心を抱き、本書旧版を著したのは個人的な動機からだけではなかった。それは、日本における「記憶の闘い」に対する、私なりの参与（アンガージュマン）でもあった。

ヨーロッパの一九八〇年代を第二次大戦後何度目かの「記憶の闘い」の時代と名づけることは、おそらく妥当だろう。この点については本書中「オデュッセウスの死」（二〇四頁以下）に記したとおりである。

一九八五年にクロード・ランズマン監督の映画『ショアー』（Shoah）が公開されたことも、「記憶の闘い」を象徴する出来事であった。この映画には、ナチ強制収容所の生存者たちが登場して証言している。

ヨーロッパから十年ほど遅れて、日本でも「記憶の闘い」が始まった。

一九八九年は「ベルリンの壁崩壊」に象徴されるように冷戦構造崩壊を画す年である。冷戦期間中、韓国、台湾、フィリピンなどアジア各国では、冷戦の論理によって自己正当化をはかる権威主義的な開発独裁政権が存続した。これらの政権は表向きにはかつての加害者である日本を批判しつつも、同時に日本との政治経済的関係を自己の政権にとって有利な形で維持することに腐心したため、日本の戦争責任や植民地支配責任に対する追及も表面的なものに過ぎなかった。しかし、八〇年代になって各国で民主化が進展し、上記のいずれの国においても権威主義政権が退場することになった。この結果、それまでは声を上げることもできなかった被害者諸個人が、歴史上初めて、自らの権利と正義を要求する主体として登場し、日本の加害責任を追及することになったのである。

一九八九年はまた、昭和天皇が死去した年でもある。朝鮮植民地支配の最高責任者であり、日中戦争、太平洋戦争の最高指揮官でもあった彼は、ついに自らの加害責任を認めることなく、被害者に対する謝罪もしないままに死去した。これを契機に、それまであまり表面化しなかった対立層が浮上した。つまり、あらためて日本の過去を想起し、その責任を明らかにすべきだという主張と、むしろ過去の責任をうやむやにし、近代史を輝かしい物語として描くことで「日本国民としての誇り」を強調しようという主張との対立である。

このようにして徐々に始まった日本における「記憶の闘争」を決定づけた重要な事件は、金学順（キム・ハクスン）さんというひとりの韓国人女性が、一九九一年八月にソウルで記者会見を開き、自分は日本軍「慰安婦」だったと公表したことである。彼女は顔と実名を明らかにした最初の元「慰安婦」となった。それまで、漠然としか知られておらず、しばしば事実に反してロマンチックな物語の脇役としてしか認識されてこなかった「慰安婦」が、顔と声をもつ生身の人間として目の前に現れ、自らが受けた暴力と尊厳の否定について、生々しい証言を始めたのである。

金学順さんの登場以後、韓国だけでなく北朝鮮、台湾、中国、フィリピン、インドネシア、オランダなど、かつて日本軍の侵略を受けた各地域から、元「慰安婦」などの戦争被害者が次々に名乗り出てきた。東アジアにおける戦争被害の記憶が呼び覚まされ、それまで声をあげることのできなかった証人たちがいっせいに現れてきたのだ。一九九〇年以後、日本政府や企業を相手取って謝罪と補償を求める訴訟が数十件も提起された。

こうした事態は日本人の一部に、アジアの戦争被害者の証言に真摯に応答し、謝罪と補償を通じて新しい友好関係を築こうという姿勢を促したが、残念ながら、そうした動きは少数にとどまった。むしろ、日本人の他の一部に対しては、「いつまで謝れというのか」といった倒錯した被害者意識、「日本はアジア解放のため欧米と戦ったのだ」というナルシスティックな歴史認識、「アジアの被害者は金銭目当てに虚偽の告発をしている」という蔑視感、「このままでは日本は中国や韓国に負けてしまう」という対抗的国家主義、などの自己中心的な情動を掻き立てる結果になった。

こうして否定論と歴史修正主義が勢いを増すことになり、保守政治家たちの大部分もこうした国民の情動を共有した。一九九四年に中学校の歴史教科書に初めて「慰安婦」に関する記述が現れたが、右派がこれに猛反発して抗議運動を展開するとともに、「日本国民の誇り」を強調する新しい教科書を作り普及する運動を開始した。この右派の運動は予想外の広がりを見せながら、その後、現在まで継続している。当時の右派のリーダーの一人、安倍晋三氏が現在では日本の総理大臣である。

日本政府はかつて一貫して「慰安婦」に関する国家と軍の関与を否定していたが、九〇年代に入って証人たちが現れ、歴史家たちの研究が進むと、一九九三年になってようやく、公式に政府と軍の関与を認める見解（河野官房長官談話）を発表した。しかし、この見解においても日本政府は法的責任を認めておらず、現在まで正式な謝罪と補償を行なっていない。数十件にのぼった補償要求訴訟も結局ほとんどすべて敗訴に終わった。

私自身は、この「記憶の闘争」において、問題を日本対アジア諸国という国家間の二項対立的な構図に閉じ込めることは、ことの本質を見誤らせ、むしろ歴史修正主義を利する結果になることを憂慮してきた。そのため、日本における「記憶の闘争」を世界的に普遍的な文脈のなかに位置づけ、二度にわたる世界大戦やホロコーストという二十世紀の未曾有の政治暴力を克服するという人類史的課題の一環として見ることが必要であり、それが証人たちの証言の意味をより深く省察するためにも不可欠であると私は考えた。こうした考えから、日本における「記憶の闘争」にプリーモ・レーヴィという参照項を導入しようと試みたのである。

しかし、結論から言えば、この試みは大きな成果を挙げることはできなかった。その原因は右派や保守派の力が強いからというより、大多数の日本国民の姿勢が――ここでプリーモ・レーヴィの作品を借りて言うならば――「バナディウム」（『周期律』工作舎、一九九二年）に登場するドイツ人、ミュラー博士の姿勢に共通するものであるからだ。

前述したように、日本は世界でも稀なほど、ナチズムやホロコーストに関する書籍が翻訳紹介され、研究のレベルも高い国である。しかし、残念ながら、それらの知的蓄積は自国の歴史や現実の社会問題と結びつけて考察されることが少ない。研究者たちが狭いアカデミズムの枠内にのみ閉じられた議論に終始している一方、一般大衆はホロコーストに関する著作や映画にその場限りの同情を覚えたり、あるいは娯楽として楽しんだりしている。いずれにしても自分たちとは無縁な他人事なのである。日本がヒトラーのドイツ、ムッソリーニのイタリアと同盟関係であったこと、したがって、日本もまたホロコーストの加害責任の一端を免れないことを自覚している日本人はあまりにも少ない。

それどころか、「河野談話」の撤回を求める歴史修正主義者たちの動きが活発化し、相当数の日本国民がこれに同調している。日本で九〇年代にはじまった「記憶の闘争」においては歴史修正主義が勝利しようとしているといえる。

近年、「朝鮮人を殺せ」とか「韓国人は出ていけ」などと野卑な叫びを繰り返すデモが常態化している。国連人種差別禁止条約が明白に禁止しているヘイトクライムである。ほんとうの「朝鮮人」がどういう存在であるのかなど、彼らにとってどうでもよいのだ。「朝鮮人」というのは、暴力的なコメディで「悪役」に与えられる記号に過ぎないのだから。

多くの人々が、総理大臣から極右団体にいたるまでの非論理的で反倫理的な主張を、まるで劇場でコメディをみるように観客席から楽しんでいる。人々の関心事は論理的整合性や倫理的正当性などではない。面白ければよいのだ。現実はもはやコメディの域を逸脱して、平和や人間の尊厳といった価値を深刻に脅かしている。だが、人々はそんなことには関心がない。この人々は、目先の私利私欲、卑屈な保身、知的怠慢と無気力、歪んだ自己愛、その他もろもろの理由で事実を受け入れることを拒絶しているのだ。ことは日本社会にかぎらない。差別、不寛容、暴力が世界の各地で凱歌を上げつつある。

第二次世界大戦とホロコーストの惨事からおよそ七十年、プリーモ・レーヴィの死からおよそ三十年、世界は少しも良くならなかった。人々は証人たちに謙虚に耳を傾けようとせず、少しも学ばなかった。

地上の有力者たちよ、新たな毒の主人よ

二〇一一年三月十二日に起きた福島第一原発の爆発事故後、あらためて考えさせられたことは、私たちの「想像力が試されている」ということである。二〇一一年十一月に福島を訪問した後、私は京都の立命館大学国際平和ミュージアムで「断絶の証言者　プリーモ・レーヴィ」と題する講演を行った。同ミュージアムが開催したプリーモ・レーヴィ展の関連企画である。その展示を見ていて、一篇の詩に出遭った。「ポンペイの少女」と題された、日本では未公表だったレーヴィの詩である。（竹山博英訳）

その詩は火山噴火の犠牲となってポンペイの少女の化石を見て、壁に塗り込められた「オランダの少女」（アンネ・フランク）を連想し、さらに、「千の太陽の光で壁に刻み込まれた影」と

なった「ヒロシマの女学生」にまで思いをはせている。詩の末尾はこうだ。

地上の有力者たちよ、新たな毒の主人よ、
致命的な雷の、ひそかなよこしまな管理人たちよ、
天からの災いだけでもうたくさんだ。
指を押す前に、立ち止まって考えるがいい。

（一九七八年十一月二十日）

これは「フクシマ」をうたった詩ではないだろうか？　古代の火山噴火による被害者、ホロコーストの犠牲者、原爆被災者の三者をつなぎ、核の脅威にまで及ぶレーヴィの想像力は、彼自身の死後もはるかに、時間や空間を超えて「フクシマ」にまで及んでいるのだ。（詩の全文は拙著『フクシマを歩いて』（毎日新聞社、二〇一二年））

人々の多くは被害の中心から遠いほど被害の真実に想像力が及ぼすことができない。東京の住人にとっては福島の住人の苦悩に共感することは簡単ではない。韓国の住人には日本の住人がいだく漠然とした不安や恐怖に共感することは簡単ではないだろう。現場から同心円状に遠ざかれば遠ざかるほど、想像力をおよぼすことは困難になる。だが、被害の中心に近い人であればあるほど不安や恐怖をより身近に感じているかというと、必ずしもそうではない。むしろ、被害の中心に近いほど苛酷な真実を直視することができず、手近な楽観論にすがろうとする傾

向も見える。

危機の渦中にいる人々は、「作られた慰めの真実」（レーヴィ）にすがりつこうとする。危機の現場から距離の離れた人々は想像力を及ぼすことができない。この現象を私は「同心円のパラドクス」と呼んだことがある（前掲『フクシマを歩いて』）。しかし、このままでは、真相を隠蔽し、被害を軽く見せ、責任を回避し、利潤や軍事力を保持し続けようとする人々、「致命的な雷のよこしまな管理人たち」（レーヴィ）を利するばかりだ。被害の中心から遠い人々ほど被害の真実にみずからの想像力を及ぼそうと努めなければならず、被害の中心に近い人々ほど勇気をもって苛酷な真実を直視しなければならない。証言者（表現者）は「表象の限界」を超える証言（表象）に挑まなければならず、読者はみずからの「想像力の限界」を超える想像力を発揮しようと努めなければならない。惨劇の再来を防ぐため、この時代が私たちにそのことを要求している。そのような思考の「尺度」を示した存在が、プリーモ・レーヴィなのである。

＊

本書旧版を編集して下さったのは朝日新聞社の渾大防三恵さんである。彼女はもともと『アウシュヴィッツは終わらない』をはじめとして、『休戦』『今でなければ　いつ』『溺れるものと救われるもの』など、プリーモ・レーヴィの主要著作の出版を手がけた人であり、つまり日本におけるレーヴィ紹介の功労者だった。そんな人からレーヴィについて書いてみないかと提案された私は、奮い立つような思いで執筆に取り組んだ。執筆中、渾大防さんは私の原稿に薄い空色のインクでコメントを書き加え、疑問の箇所に波型の傍線を附して返してきた。表現は穏やかだったが、その指摘のほとんどが、私が曖昧に済ませていた点を正確につくものだった。

その渾大防さんは二〇〇七年に交通事故で急逝された。プリーモ・レーヴィを日本社会に紹介するという文化的功績を残したこの人物を、いまどれほどの人が記憶しているだろうか。聞くところによると、『アウシュヴィッツは終わらない』を除いて、レーヴィの主要著作のほとんどが、あまり読まれないため現在は在庫品切れ状態であるという。このように文化的営みそのものが断片化し、急速に浅薄になって、単純化された言説の暴力に対する抵抗力を失っていくのである。

おわりに、渾大防三恵さんの記憶をここにとどめるとともに、このような時代にあって本書の再版を引き受けてくださった晃洋書房の方々、編集担当の井上芳郎さんに心からの謝意を表する。

二〇一四年三月二十六日

徐 京植

参考・引用文献一覧（旧版）

プリーモ・レーヴィの著作

『アウシュヴィッツは終わらない――あるイタリア人生存者の考察』竹山博英訳、朝日新聞社、一九八〇年（原著は *Se quest e'un uomo*, Einaudi editore, 1958）

『周期律』竹山博英訳、工作舎、一九九二年（*Il sistema periodico*, Einaudi editore, 1975）

『今でなければ　いつ』竹山博英訳、朝日新聞社、一九九二年（*Se non ora, quando ?*, Einaudi editore, 1982）

『休戦』竹山博英訳、朝日新聞社、一九九八年（*La tregua*, Einaudi editore, 1963）

The Drowned and the Saved, Vintage, 1989（*I sommersi e i salvati*, Einaudi editore, 1986、本書刊行後に竹山博英訳『溺れるものと救われるもの』朝日新聞社、二〇〇〇年。本文中引用文は、英語版より徐訳）*Other People's Trades*, Abacus Book, 1991

プリーモ・レーヴィに関するもの

フランク・シルマッヒャー「誰もがカインである」『みすず』みすず書房、一九九一年七月号（原文は『フランクフルター・アルゲマイネ・ツァイトゥンク』一九九一年二月十六日）

Myriam Anissimov, *Primo Levi —— ou la tragèdie d'un optimiste*, JC Lattès 1996

Alvin H. Rosenfeld, "Primo Levi: The Survivor as Victim", *Perspectives on the Holocaust*, ed. James S. Pacy and Alan P. Wertheimer, Westview Press, 1995

ユダヤ人大虐殺

ラウル・ヒルバーグ『ヨーロッパ・ユダヤ人の絶滅』〈上・下〉望田幸男他訳、柏書房、一九九七年
ルーシー・S・ダビドビッチ『ユダヤ人はなぜ殺されたか』〈第一部最終的解決、第二部大虐殺〉大谷堅志郎訳、サイマル出版会、一九七九年
マイケル・ベーレンバウム『ホロコースト全史』芝健介監修、創元社、一九九六年
ティル・バスティアン『アウシュヴィッツと《アウシュヴィッツの嘘》』石田勇治他訳、白水社、一九九五年
ピエール・ヴィダル＝ナケ『記憶の暗殺者たち』石田靖夫訳、人文書院、一九九五年
マルセル・リュビー『ナチ強制・絶滅収容所』菅野賢治訳、筑摩書房、一九九八年
H・フォッケ、U・ライマー『ナチスに権利を剥奪された人びと』山本尤他訳、社会思想社、一九九二年
ベンジャミン・B・フェレンツ『奴隷以下——ドイツ企業の戦争責任』住岡良明他訳、凱風社、一九九三年
クリストファー・ブラウニング『普通の人々——ホロコーストと第一〇一警察予備大隊』谷喬夫訳、筑摩書房、一九九七年
栗原優『ナチズムとユダヤ人絶滅政策』ミネルヴァ書房、一九九七年
ソール・フリードランダー編『アウシュヴィッツと表象の限界』上村忠男他訳、未来社、一九九四年

＊

ヴィクトール・フランクル『夜と霧』霜山徳爾訳、みすず書房、一九六一年
エリ・ヴィーゼル『夜』村上光彦訳、みすず書房、一九六七年
同『死者の歌』村上光彦訳、晶文社、一九七〇年
ブルーノ・ベテルハイム『鍛えられた心』丸山修吉訳、法政大学出版局、一九七五年
同『生き残ること』高尾利数訳、法政大学出版局、一九九二年
ジャン・アメリー『罪と罰の彼岸』池内紀訳、法政大学出版局、一九八四年
同『さまざまな場所』池内紀訳、法政大学出版局、一九八三年
同『自らに手をくだし——自死について』大河内了義訳、法政大学出版局、一九八七年
ハンナ・アーレント『パーリアとしてのユダヤ人』寺島俊穂・藤原隆裕宜訳、未来社、一九八九年
同『イェルサレムのアイヒマン』大久保和郎訳、みすず書房、一九六九年
同「何が残ったか？　母語が残った」矢野久美子訳、『思想』岩波書店、一九九五年八月号
同「集団の責任」大川正彦訳、『現代思想』青土社、一九九七年七月号
ルドルフ・ヘス『アウシュヴィッツ収容所——所長ルドルフ・ヘスの告白遺録』片岡啓治訳、サイマル出版会、一九七二年
ホルヘ・センプルン『ブーヘンヴァルトの日曜日』宇京頼三訳、紀伊國屋書店、一九九五年
アブラハム・レビン『涙の杯——ワルシャワ・ゲットーの日記』滝川義人訳、影書房、一九九三年

＊

ツヴェタン・トドロフ『極限に面して——強制収容所考』宇京頼三訳、法政大学出版局、一九九二年
クロード・ランズマン『ＳＨＯＡＨ　ショアー』高橋武智訳、作品社、一九九五年
鵜飼哲・高橋哲哉編『「ショアー」の衝撃』未来社、一九九五年
Ｊ・ハーバーマス他著『過ぎ去ろうとしない過去——ナチズムとドイツ歴史家論争』徳永恂他訳、人文書

院、一九九五年
R・フォン・ヴァイツゼッカー『荒野の四十年――ヴァイツゼッカー大統領演説』永井清彦訳、岩波ブックレット、一九八六年

イタリア

森田鉄郎編『イタリア史』山川出版社、一九七六年
清水廣一郎・北原敦編『概説イタリア史』有斐閣、一九八八年
藤村道郎『物語イタリアの歴史』中公新書、一九九一年
P・マルヴェッリ他編『イタリア抵抗運動の遺書』河島英昭他訳、冨山房、一九八三年
ナタリア・ギンズブルグ『ある家族の会話』須賀敦子訳、白水社、一九八五年
ジャン・フランコ・ヴェネ『ファシズム体制下のイタリア人の暮らし』柴野均訳、白水社、一九九六年
B・パルミーロ・ボスケージ『イタリア敗戦記――二つのイタリアとレジスタンス』下村清訳、新評論、一九九二年
アーダ・ゴベッティ『パルチザン日記一九四三〜一九四五――イタリア反ファシズムを生きた女性』戸田三三冬監修・解説、堤康徳訳、平凡社、一九九五年

その他

ダンテ『神曲』〈上中下〉山川丙三郎訳、岩波文庫、一九九七年
ラス・カサス『インディアスの破壊についての簡潔な報告』染田秀藤訳、岩波文庫、一九七六年

染田秀藤『ラス・カサス伝』岩波書店、一九九〇年
H・M・エンツェンスベルガー『何よりだめなドイツ』石黒英男他訳、晶文社、一九六七年
ジャン＝ポール・サルトル『シチュアシオンV』白井健三郎他訳、人文書院、一九六五年
宮本正興・松田素二編『新書アフリカ史』講談社現代新書、一九九七年
尹東柱《ユンドンジュ》『空と風と星と詩——尹東柱全詩集』記録社発行、影書房発売、一九八四年
朴慶植《パクキョンシク》『朝鮮人強制連行の記録』未来社、一九六五年
山田昭次・田中宏編著『隣国からの告発』創史社発行、八月書館発売、一九九六年

＊

徐勝《ソ・スン》『獄中一九年』岩波新書、一九九四年
徐俊植《ソ・ジュンシク》『徐俊植　全獄中書簡』柏書房、一九九二年
同『自生への情熱』影書房、一九九五年
徐京植『長くきびしい道のり——徐兄弟・獄中の生』影書房、一九八八年

本書旧版刊行後、プリーモ・レーヴィをより深く理解するための参考となる文献が多数刊行された。ここに、その詳細を網羅することはできないので数点に絞って挙げておく。

マルコ ベルポリーティ編『プリーモ・レーヴィは語る——言葉・記憶・希望』多木陽介訳、青土社、二〇〇二年（原著は *Primo Levi. Conversazioni e interviste 1963-1987, 1997*）
竹山博英『プリーモ・レーヴィ——アウシュヴィッツを考えぬいた作家』言叢社、二〇一一年
河島英昭『イタリア・ユダヤ人の風景』岩波書店、二〇〇四年

以下三冊はナチズム研究の最新動向を反映したものから。
ロバート・ジェラテリー『ヒトラーを支持したドイツ国民』根岸隆夫訳、みすず書房、二〇〇八年
ダン・ストーン『ホロコースト・スタディーズ——最新研究への手引き』武井彩佳訳、白水社、二〇一二年
ロバート・イーグルストン『ホロコーストとポストモダン』田尻芳樹、太田晋訳、みすず書房、二〇一三年

なお、本書旧版が韓国で翻訳出版されている。

〝시대의 증언자 쁘리모 레비를 찾아서〟박광현・역、창비 二〇〇六年
書名日本語訳「時代の証言者　プリーモ・レーヴィを求めて」

レーヴィ、ファシスト軍に逮捕される（12月13日）。パルチザン組織〔正義と自由〕に参加して、アオスタ渓谷で闘争中だった。

1944 2月　フォッソリの中継収容所からアウシュヴィッツへ移送（27日）。モノヴィッツ収容所（ブナ）で強制労働に。

6月6日　連合軍、ノルマンディー上陸。

7月24日　ソ連軍、マイダネク収容所解放。

10月7日　アウシュヴィッツのユダヤ人特別作業班、反乱。

1945 1月　ドイツ軍、アウシュヴィッツから撤収開始、囚人6万6000人を連行（16日）。ソ連軍、アウシュヴィッツを解放（27日）。

レーヴィ、チフスのため撤収時の連行を免れ、ソ連兵に保護される。

4月下旬　北部イタリアの主要都市解放。28日、ムッソリーニ処刑。

4月30日　ヒトラー自殺。

5月7日　ドイツ降伏。

8月15日　日本降伏。

10月19日、レーヴィ、ソ連・東欧諸国をへてトリノの家族のもとへ生還。

11月19日　ニュルンベルク国際軍事裁判開始（最終判決、46年10月1日）。

1946 6月　君主制を廃して、イタリア共和国成立。

1947 4月2日　アウシュヴィッツ収容所長ヘス処刑。

レーヴィ、ルチーア・モルプルゴと結婚（9月）。『これが人間か』（邦訳『アウシュヴィッツは終わらない』）出版。化学塗料会社シヴァに研究員の職を得る。

1958 『これが人間か』、エイナウディ出版社から再刊。

1961 12月15日　アイヒマン、イスラエルで処刑。

1963 『休戦』出版、カンピエッロ文学賞第一回受賞作。

1965 収容所解放記念式典出席のため、アウシュヴィッツを訪ねる。

1975 『周期律』出版、シヴァ社退職。

1978 『星型のスパナ』出版、ストレーガ賞受賞。

1982 『今でなければ　いつ』出版、ヴァアレッジョ賞、カンピエッロ賞同時受賞。この年、再度アウシュヴィッツへ。

1986 『溺れるものと救われるもの』出版。

1987 4月11日、トリノ市レ・ウンベルト街75の自宅で自殺。

プリーモ・レーヴィの時代

1919 1月　国民社会主義ドイツ労働者党（ナチ党）結成。
7月31日　プリーモ・レーヴィ、トリノ市に生まれる。
1922 10月　ファシストの「ローマ進軍」。ムッソリーニ政権誕生。
1929 カルロ・ロッセリら、パリで〔正義と自由〕結成。
1933 1月30日　ヒットラー、政権掌握。
3月30日　ダッハウに最初の強制収容所開設。
1935 9月　ニュルンベルク法（反ユダヤ法）発布。
1938 3月　ドイツ、オーストリアを併合。
9月　イタリア、「人種法」発布。
11月9日　水晶の夜（クリスタル・ナハト）。
1939 9月1日　ドイツ、ポーランドに侵攻、第二次世界大戦始まる。
1940 4月　ドイツ、ポーランド中部のウッジにゲットー設置。アウシュヴィッツ収容所建設命令（27日）、6月から囚人を送り込み始める。
6月10日　イタリア、英仏に宣戦布告。
10月　ワルシャワ・ゲットー設置。
1941 **レーヴィ、トリノ大学を卒業。**
6月22日　ドイツ、ソ連に侵攻。東部戦線で特別行動隊による大虐殺。
9月3日　アウシュヴィッツでガスによる最初の大虐殺。
9月28日　アウシュヴィッツ＝ビルケナウ建設。
9月29日　キエフ近郊のバービー・ヤールでユダヤ人大虐殺。
12月8日　日本、真珠湾攻撃。太平洋戦争始まる。
1942 1月20日　ヴァンゼー会議。「ユダヤ人問題の最終的解決」を検討。
ドイツ占領下の各国で、ユダヤ人の絶滅収容所への移送始まる。（2月、ポーランド、3月、フランス、7月、オランダで）
1943 2月　スターリングラード攻防戦でドイツ軍敗退。
4月19日　ワルシャワ・ゲットーでユダヤ人の蜂起。
7月　連合軍、シチリアに上陸（9日）、イタリア・ファシスト政権倒され、バドリオ政権誕生（25日）。
9月　バドリオ政権、連合軍との休戦協定を公表（8日）。ドイツ軍、イタリア北部を占領、ムッソリーニを救出し傀儡のイタリア社会共和国（サロ共和国）を建国。反ファシズム各派のレジスタンス闘争始まる。

《著者紹介》

徐　京植（ソ　キョンシク）

1951年京都市に生まれる．早稲田大学第一文学部（フランス文学専攻）卒業．現在，東京経済大学現代法学部教員．著書に『私の西洋美術巡礼』『汝の目を信じよ！——統一ドイツ美術紀行』『私の西洋音楽巡礼』（以上，みすず書房）『子どもの涙——ある在日朝鮮人の読書遍歴』（柏書房，小学館文庫）『新しい普遍性へ——徐京植対話集』『過ぎ去らない人々——難民の世紀の墓碑銘』『半難民の位置から——戦後責任論争と在日朝鮮人』『秤にかけてはならない——日朝問題を考える座標軸』（以上，影書房）『青春の死神——記憶の中の20世紀絵画』『夜の時代に語るべきこと——ソウル発「深夜通信」』『フクシマを歩いて——ディアスポラの眼』（以上，毎日新聞社）『植民地主義の暴力——「言語の檻」から』『詩の力——「東アジア」近現代史の中で』（以上，高文研）『ディアスポラ紀行——追放された者のまなざし』（岩波新書）など，共著書に『断絶の世紀証言の時代——戦争の記憶をめぐる対話』『ソウル—ベルリン玉突き書簡——境界線上の対話』（以上，岩波書店）などがある．

新版　プリーモ・レーヴィへの旅
——アウシュヴィッツは終わるのか？——

2014年9月10日　初版第1刷発行
2024年4月15日　初版第2刷発行

＊定価はカバーに表示してあります

著　者　徐　京植©
発行者　萩原淳平
印刷者　江戸孝典

発行所　株式会社　晃洋書房
〒615-0026　京都市右京区西院北矢掛町7番地
電話　075(312)0788番(代)
振替口座　01040-6-32280

装丁　尾崎閑也　　印刷・製本　共同印刷工業㈱

ISBN978-4-7710-2552-3